Ninni Holmqvist
Die Verführten

Roman

Aus dem Schwedischen von
Angelika Gundlach

Suhrkamp

Die schwedische Originalausgabe
erschien 1999 unter dem Titel
Något av bestående karaktär
im Norstedts Förlag, Stockholm

Umschlagfoto: Sven Paustian

suhrkamp taschenbuch 3623
Erste Auflage 2004
Deutsche Erstausgabe

Druck: Nomos Verlagsgesellschaft, Baden-Baden
Umschlag nach Entwürfen von
Willy Fleckhaus und Rolf Staudt
Printed in Germany
ISBN 3-518-45623-7

1 2 3 4 5 6 – 09 08 07 06 05 04

Die Verführten

Meer

Ich ziehe den Telefonstecker heraus. Lege mich aufs Bett, lege mir das Plaid über die Beine, liege so da. Gucke aus dem Fenster, auf die Wolken, die von Westen nach Osten langsam vorbeisegeln. Es ist also Westwind heute, denke ich. Dann denke ich, daß ich hier liege wie eine alte Frau, mit einem Plaid zugedeckt. Wie eine sehr alte Frau, die niemand mehr anruft, eine, die alle, die sie kannte, überlebt hat und jetzt allein übrig ist. Natürlich kann im Augenblick niemand hier anrufen, die Signale erreichen mich zumindest nicht. Niemand erreicht mich jetzt. Ich liege hier in der Stille, alt, übriggeblieben und unerreichbar. Ich schlafe ein.

Als ich aufwache, ist das Zimmer dunkel. Die Sonne ist untergegangen, es dämmert draußen. Ich trete das Plaid von den Beinen, setze mich auf. Sitze auf der Bettkante, spüre, daß ich Hunger habe. Ich gehe in die Küche, gucke in den Kühlschrank. Da sind Reste von gestern. Ein Fischgratin. Ich wärme es auf. Esse es am Küchentisch. Mache das Radio an.

»*Happy people, come on!*« singt Dr. Alban. Ich schalte um auf P1. Dort läuft eine Kultursendung. Es geht um eine Kunstausstellung. Bildende Kunst im Radio? denke ich. Aber warum nicht? Kann man im Fernsehen Talkshows machen, dann kann man auch im Radio Bilder zeigen.

»*Die Landschaft sieht beinah aus wie ein Frauenkörper*«, sagt eine Stimme.

»*Ja*«, sagt eine zweite. »*Das Gemälde ist tatsächlich eine Spur pornographisch. Ein Bach fließt durch eine wogende Wiese. Ein Bach, der in einen Wasserfall zwischen zwei länglichen Erhebungen mündet, die Frauenschenkel sein könnten.*«

Als ich fertig gegessen habe, mache ich das Radio aus und gehe ins Wohnzimmer, mache die Lampen an, den Fernseher; das Erste, das Zweite, das Vierte, das dänische Erste, das dänische Zweite; anscheinend gibt es auf sämtlichen Kanälen Nachrichten. Ich entscheide mich für Rapport im Zweiten. Irgendwo hat es einen Staatsstreich gegeben, Menschen laufen über Straßen und Plätze. Sie jagen einander, schießen aufeinander, kämpfen und schreien. Ich stelle den Ton ab. Stehe kurze Zeit mitten im Zimmer, mitten in der Stille. Gehe zum Telefon, schiebe den Stecker hinein.

Eine halbe Stunde später hat immer noch keiner angerufen.

»Also, was soll das hier?« sage ich laut, als würde das helfen. Und das tut es, denn jetzt klingelt es. Einmal, zweimal. Soll ich drangehen, denke ich. Nein, ich lasse es klingeln. Besser, erstmal zu hören, wer es ist.

Der Anrufbeantworter schaltet sich ein, und meine Ansage schallt laut durchs Zimmer. »*Ich bin nicht zu Hause*«, sage ich. »*Sprich nach dem Ton, ich rufe später zurück.*« Aber nach dem Ton kommt nur Schweigen, dann das Geräusch eines Hörers, der aufgelegt wird. Und schließlich das Band, das zurückspult. Ich seufze vor Erleichterung. Ein Glück, daß ich nicht drangegangen bin. Mit Menschen, die nichts zu sagen haben, will ich sowieso nicht reden.

Der Rapport im Zweiten ist vorbei, und Bildjournal

hat angefangen. Es scheint um Landschaftsmalerei zu gehen. Wälder und Berge. Bäche, Flüsse, Meer. Wogende Wiesen und brotlaibförmige Hügel. Ich lasse den Fernseher immer noch ohne Ton laufen, dann mache ich im Zimmer die Lampen aus und zünde dafür Kerzen an. Die Flammen flackern im Zug, der vom Fenster kommt, Schatten tanzen an den Wänden, und ich lege eine Platte auf, Bob Dylan: »*It ain't me babe, it ain't me you're looking for.*«

Ich gehe quer durchs Zimmer und setze mich auf die Bettkante, nehme den Hörer. Ich kann die Nummer auswendig, obwohl ich sie noch nie gewählt habe.

»Was soll das, warum rufst du hier an?« sagt er.

»Bist du sauer?« frage ich.

»Sauer? Klar bin ich sauer!« Er flüstert beinah, aber am liebsten würde er mich anschreien, das höre ich an seiner Stimme. Sie vibriert, grollt gewissermaßen, als wäre er stark erkältet und zittere am ganzen Körper. »Hab ich dir nicht gesagt, du sollst mich nicht zu Hause anrufen?« fährt er fort.

»Nein«, antworte ich. »Das hast du nicht gesagt.«

»Aha ... Aber so was sollte man wohl voraussetzen.«

»Sollte man?« frage ich, bekomme aber keine Antwort, statt dessen sagt er in munterem Ton: »Einverstanden, Conny, nett von dir, daß du angerufen hast. Grüß Carina schön von mir!«

Dann legt er auf, und ich lege auch auf, drehe mich dem Zimmer zu und rufe: »Hörst du, Carina! Ich soll schön grüßen!« Dann stehe ich auf, gehe wieder quer durchs Zimmer, zum Fenster, stelle mich dort hin. Gucke raus.

Da unten glitzert die Stadt: Autos, Busse, Taxis. Menschen werden zwischen den Außenbezirken und der Innenstadt transportiert, zwischen den Kneipen und Klubs. Hunde werden Gassi geführt. Entlaufene Katzen flüchten vor den Händen streichellustiger Fremder, machen sich unter geparkten Autos vorübergehend unerreichbar. Obdachlose kriechen in Container und Treppenhäuser. Sirenen heulen: Polizei, Unfallwagen, vielleicht Feuerwehr. Blaulichter fegen wie der Schein von Leuchtfeuern über die Hausfassaden. Jemand ist verletzt worden da draußen, jemand, der nicht rechtzeitig entkommen ist.

Dylan verstummt, ich drehe dem Fenster den Rükken zu, schaue ins Zimmer. Die Kerzen brennen langsam herunter, die Schatten an den Wänden verlieren ihre Konturen, verschwimmen, werden schließlich zu einem einzigen bewegungslosen Schatten. Bildjournal geht zu Ende und wird durch ein junges Gesicht ersetzt, das den Mund bewegt. Lächelt und Worte formt. Ich gehe hin und drehe den Ton an, und das Gesicht sagt mit heller, klarer Stimme, daß jetzt im Ersten ein Film kommt, »Sea of Love«, mit Al Pacino in der Hauptrolle. Ich wechsle den Kanal und lasse mich auf dem Sofa nieder, ziehe mir das Plaid über die Beine, lehne mich zurück. Der Film fängt an.

Schneeregen

Die Stadt war völlig still geworden.

»Doch«, sagte sie. »Die Stille mag ich.«

Es war Nacht. Es schneite. Wir waren aufgestanden und standen jetzt an ihrem Fenster und guckten raus. Der Himmel über den Häuserdächern war voller Schneeflocken, die Luft zwischen den Häusern war voller Schneeflocken, und die wurden leicht eingefärbt vom Licht der Straßenlaternen. Orangefarbenes Neon. Aber die Häuserdächer waren weiß, die Straßen und Trottoirs waren weiß, die Karosserien der Autos und die Äste der Bäume waren weiß.

»Und das Licht?« fragte ich. »Magst du nicht das Licht, das mit dem Schnee kommt?«

»Doch«, antwortete sie. »Das Licht mag ich auch.«

Aber den Schnee selber mochte sie nicht. Sie war nie Ski gefahren und wollte es auch nie versuchen.

»Ich habe einen Körper, den ich mag«, erklärte sie, als wir dort am Fenster standen.

»So?« sagte ich und preßte mich an ihren Rücken und legte die Arme um sie, dann rieb ich mein Kinn an ihrem Nacken, bewegte es rund um den obersten Wirbel ihres Rückgrats, schmirgelte ihn gewissermaßen mit meinen Bartstoppeln.

Sie mochte das, ich weiß, daß sie es mochte, denn ich hatte es schon einmal gemacht, ein paar Stunden früher, und da war sie in meinen Armen völlig schlaff geworden, und ihre Stimme war in eine andere Lage, ein anderes Tempo, einen anderen Ton übergegangen, langsamer, als wäre sie in Trance gefallen.

»Mach weiter ...!« hatte sie gesagt. Jetzt aber sagte sie das nicht, statt dessen sagte sie: »Ich könnte es nicht über mich bringen, meinen Körper in aufgeplusterte Overalls und klobige Skistiefel zu zwängen. Noch weniger, mir ein Paar Skier unter die Stiefel zu schnallen. Ich habe Beine zum Gehen und Füße, um den Boden unter mir zu fühlen. Skier würden mein Gefühl dämpfen.«

»Aber Skifahren ist spannend«, sagte ich. »Man hat so ein herrliches Gefühl von Freiheit dabei.«

Ich bewegte noch immer mein Kinn um ihren Nakkenwirbel. Ihr Atem wurde ruhiger, langsamer, ihre Muskeln entspannten sich.

»Das ist schön«, sagte sie mit ihrer jetzt etwas dunkleren Stimme. »Mach weiter ...«

Wir kehrten zum Bett zurück. Wir taten es auf die traditionelle Art. Ich lag auf ihr, mit festem Griff um ihre Hinterbacken. Sie kam mir entgegen, stieß sich mit einem Fuß von der Matratze ab. Ihr anderes Bein lag auf meinem Rücken und drückte ihn fest, es war, als ob sie mich damit dirigierte. Die Arme hatte sie mal hier, mal da, entweder stemmte sie sich gegen das Kopfteil oder sie umschlang meinen Körper, kratzte mich, zerrte an mir, zog mich fester und tiefer in sich hinein, oder sie biß sich selbst in die Hand und zerknüllte mit der anderen das Laken.

»Tut es weh?« fragte ich dann. »Tu ich dir weh?«

»Nein, nein ... Nicht weh ... Mach weiter ...!«

Und ich machte weiter. Und der fallende Schnee vor dem Fenster füllte das Zimmer mit Licht, und in dem Licht konnten wir deutlich das Gesicht des anderen sehen. Ihre Augen waren aufgesperrt. Das konnte alles mögliche bedeuten: Schmerz, Angst, Leidenschaft, oder daß sie sich ganz einfach in dem atemlosen Zustand befand, der dem Orgasmus vorausgeht.

Nachher, als wir nebeneinanderlagen und ich am Einschlafen war, sagte sie: »Du ... Wenn du mich willst, wenn ich schlafe, dann ist das okay. Du brauchst mich nicht erst zu wecken.«

»Kriegst du dann keine Angst?«

»Nein, warum sollte ich? Ich weiß ja, daß du es bist.«

Ich weiß ja, daß du es bist. Ich nahm die Worte mit mir in den Schlaf.

Als ich wieder aufwachte, als meine Geilheit mich weckte, drehte ich mich sofort zu ihr hin. Sie lag schon auf dem Rücken. Alles, was ich machen mußte, war, vorsichtig die Decke von ihr zu ziehen, ihre Beine zu spreizen, mich zwischen sie zu legen und in sie einzudringen. Er glitt von selbst hinein. Sie war noch feucht und offen vom vorigen Mal.

Sie lag völlig still, stellte sich tot. Aber die Augen bewegten sich unter den geschlossenen Lidern, und ihr Geschlecht schloß sich um meines wie ein hungriger Fisch. Ich sah sie deutlich unter mir, sah sie im Licht des Schnees, der in der Nacht da draußen noch immer fiel, und ihre Haut hatte einen leichten Ton von Orange, und ihre Augen bewegten sich unter den Lidern von einer Seite zur anderen, und ihre Brust wippte in meinem Takt und durch meine Kraft vor und zurück. Darüber hinaus lag sie völlig still.

Als ich kam, lag sie noch immer still, und als ich mich wieder neben sie legte und die Decke über sie zog, lag sie noch immer still, mit geschlossenen Augen und einem weichen Zug um den Mund. Sie wußte, daß ich es war. Ich schloß die Augen und entspannte mich. Fragte mich, für wen Iris mich hielt.

Ich träumte, ich hätte mich gerade angezogen und eine Reisetasche gepackt, ich wäre bereit, zu gehen und sie für immer zu verlassen. Ich träumte, sie läge seitlich auf dem Wohnzimmersofa, mit dem Rücken zu mir.

»Du darfst nicht gehen«, bat sie, das Gesicht zur Rückenlehne gedreht. »Du darfst machen, was du willst, du darfst machen, was immer du willst. Hauptsache, du verläßt mich nicht.«

Jetzt stellte ich die Tasche auf den Boden, ging zu ihr und stellt mich hinter sie, öffnete den Hosenschlitz, holte mein Geschlecht heraus, zog die Vorhaut zurück, schloß die Augen, holte tief Atem. Und beim Ausatmen fing ich an, meine Blase über ihrem Rücken zu entleeren. Ich machte ihr Baumwollnachthemd naß, ihr Haar. Es dampfte um sie, ein warmer Urindampf, und ich dachte, sie muß sehr kalt sein, wenn es so dampft. Sie sagte nichts, lag ganz still, als wäre sie tot.

»Okay«, sagte ich, als ich fertig war. »Ich bleibe.«

Ich wachte davon auf, daß es aufs Fensterblech prasselte. Es war Morgen. Der Himmel war grau. Das Zimmer roch nach Frau, auf eine neue Art, auf eine andere Art, als ich es gewohnt war. Sie war auch wach und lag auf dem Rücken und guckte aus dem Fenster.

»Der Schnee regnet weg«, sagte sie. »Findest du das schade?«

»Ja«, sagte ich.

»Schnee ist nur Regen, der sich verstellt«, sagte sie, wie zum Trost. »Schnee ist falsch. Regen ist echt.«

»Muß das Echte so verdammt grau sein?« sagte ich.

»Aber Regen ist nicht grau«, sagte sie. »Der ist nur durchsichtig.«

Dann drehte sie sich auf die Seite und wechselte das Thema: »Wovon hast du geträumt heut nacht? Du hast dich so unruhig bewegt. Du hast dir den Arm vors Gesicht gehalten, als wolltest du dich vor etwas schützen.«

»Tatsächlich?« sagte ich und setzte mich im Bett auf.

»Ja. Was hast du geträumt? Weißt du's noch?«

»Ich hab von meiner Frau geträumt«, antwortete ich. »Ich muß jetzt wohl gehen«, fügte ich hinzu und stieg aus dem Bett.

Als ich auf dem Boden stand, fühlte ich mich steif. Der Körper tat mir weh. Es war ein Gefühl wie Muskelkater.

»Schlägt dich deine Frau?« fragte sie.

»Nein, aber das sollte sie vielleicht.«

»Warum denn?« fragte sie und stand auf und stellte sich hinter mich, zog mich leicht am Arm, als wollte sie mich zu sich drehen.

Aber ich ließ mich nicht von ihr drehen. Ich drehte ihr weiter den Rücken zu.

»Ich muß gehen«, sagte ich. »Ich muß nach Hause zu meiner Frau.«

»Sie ist doch verreist.«

»Ja, aber ich muß trotzdem nach Hause. Stell dir vor, sie hat angerufen heute nacht, und ich war nicht da.«

»Das kannst du jetzt jedenfalls nicht mehr ändern.«

»Nein, aber ich kann zumindest da sein, wenn sie wieder anruft. Stell dir vor, es ist was passiert. Stell dir vor, sie muß mit mir Kontakt aufnehmen.«

»Okay«, sagte sie und ließ meinen Arm los. »Ist klar, daß du gehen mußt, wenn du so ein Gefühl hast.«

Ich zog mich an und ging. Als ich auf die Straße kam und die Wagentür aufschließen wollte, merkte ich, daß ich die Schlüssel oben bei ihr vergessen hatte. Ich seufzte, ging zurück durch den Hauseingang und die vielen Treppen hinauf, klingelte. Sie machte augenblicklich auf, und ehe ich etwas sagen konnte, reichte sie mir die Schlüssel.

»Danke«, sagte ich und fühlte mich beschämt. »Ich ... Äh, wir hören uns ... irgendwann.«

»Sicher«, sagte sie. »Wir hören uns.«

Als ich im Wagen saß, den Motor und das Gebläse angelassen hatte und gerade dabei war, mich aus der Parklücke zu schlängeln, fing es wieder an zu schneien. Aber deshalb hörte es nicht auf zu regnen.

Die Straßen waren matschig und glatt. Der Schneematsch spritzte in alle Richtungen. Die Scheibenwischer schwangen wie Taktmesser vor meinen Augen. Ich machte einen Umweg, hielt mich so weit wie möglich an die Innenstadt, kam allmählich hinaus auf den Limhamnsvägen, dann die Strandgatan und den Klagshamnsvägen, und bog schließlich in das Viertel mit Einfamilienhäusern ein, wo ich wohne, parkte im Carport, holte die Zeitung aus dem Briefkasten und ging ins Haus, rief zur Sicherheit hallo, aber niemand antwortete. In der Küche machte ich mir Kaffee, setzte mich, um die Zeitung zu lesen, den Kaffee zu trinken und eine Zigarette zu rauchen. Doch da merkte ich, daß ich auch meine Zigaretten vergessen hatte. Ich seufzte, ließ den Kaffee stehen, ging die Treppe hinauf und ins Schlafzimmer, legte mich aufs Bett, ohne den Bettüberwurf abzunehmen oder mir auch nur die Schuhe auszuziehen. Ich lag da und fragte mich, ob Iris in der Nacht versucht hatte, mich zu erreichen. Aber warum hätte sie das tun sollen? Ich machte die Augen zu und legte einen Arm über mein Gesicht, um das Tageslicht auszusperren.

Luftspiegelung

Ich begegne ihnen immer im Treppenhaus. Einer Frau und einem Mann. Sie lächeln und sagen hallo. Ich lächle zurück und sage auch hallo. Sie wohnen im ersten Stock, ich weiß das, denn ich habe sie dort aus einer Tür kommen sehen, einer Tür, auf der Nilsson/Hägerstrand steht. Ich selbst wohne im dritten Stock.

Eines Tages bekomme ich einen Brief, auf dem A. Hägerstrand steht. Ich gehe damit runter und klingle.

»Der Briefträger hat das hier in meinen Briefkasten gesteckt«, sage ich. »Aber es muß für euch sein.«

»Vielen Dank, das ist nett«, sagen sie, und ich will gerade kehrtmachen und wieder raufgehen zu mir, als sie fragen, ob ich Lust habe, einen Moment reinzukommen und einen Kaffee mit ihnen zu trinken.

Ich nehme an und werde in den Flur gelassen, und dann stellen wir uns einander vor.

»Mikaela«, sagt sie.

»Andreas«, sagt er.

»Miranda«, sage ich. »Ich bin die, die ganz oben links wohnt.«

Mikaela und Andreas haben eine Vier-Zimmer-Wohnung. Ich selbst habe nur zwei Zimmer. Wir gehen in ihr Wohnzimmer, da steht ein Kaffeetablett mit Thermoskanne, Milchtüte, Zuckerdose und zwei Tassen. Mikaela geht noch eine Tasse holen, und als sie damit zurückkommt, fange ich an, Konversation zu machen: »Wie lange wohnt ihr schon hier im Haus?«

»Wie lange, Andreas? Vier Jahre? Oder fünf?«

»Ja, wieviel sind es jetzt? Wir sind hier eingezogen,

als ich gerade mit BWL fertig war. Das ist fünf Jahre her.« Er wendet sich mir zu und ergänzt: »Ich bin Diplombetriebswirt.«

»Aha«, sage ich nur und lächle, denn ich habe keine Ahnung, womit sich ein Diplombetriebswirt beschäftigt, und vielleicht sieht man das meinem Lächeln an, denn Mikaela erklärt: »Andreas hat den ganzen Tag mit Zahlen zu tun. Zahlen und Summen, Plus und Minus, Netto und Brutto, Soll und Haben. Er zählt. Was man nicht zählen kann, das gibt es nicht. Stimmt's nicht, Andreas?«

Er antwortet ihr nicht, wendet sich wieder mir zu: »Du selbst scheinst eher ein Künstlertyp zu sein.«

»Ich weiß nicht, was für ein Typ ich bin«, sage ich, dann frage ich Mikaela, was sie arbeitet.

»Ich bin Vorsteherin eines Heims für autistische Kinder«, antwortet sie.

»Die stummen Kinder ...« murmelt Andreas.

»Sie sind nicht stumm«, sagt Mikaela. »Sie reden nur nicht.«

»Das ist dasselbe«, sagt Andreas.

»Das ist es keineswegs«, sagt Mikaela. »Noch Kaffee?«

Sie hält die Kanne hoch und sieht mich fragend an, aber ich lehne dankend ab. Dann gehe ich wieder rauf zu mir.

Eines Tages, als ich auf dem Markt war und Gemüse eingekauft habe, komme ich gleichzeitig mit Andreas nach Hause. Während ich das Rad in den Fahrradständer stelle, fragt er, ob ich Hilfe beim Tütentragen brauche, und ohne auf Antwort zu warten, geht er mit der schwersten, der mit Weißkohl, Steckrübe, Kartoffeln, Mohrrüben, Äpfeln und Apfelsinen, los. Ich selbst folge ihm mit der mit den Brokkoli, den Champignons und den Salatzutaten.

Im ersten Stock danke ich ihm für die Hilfe, aber da sagt er, daß er sie mir bis nach oben trägt, und als ich sage, daß das nicht nötig ist, sagt er: »Das mach ich doch gern.«

Aber als wir es bis in den dritten Stock geschafft haben, ist er außer Atem, und als ich die Tür aufgeschlossen habe und wir die Tüten in die Küche getragen und auf den Tisch gestellt haben, sinkt er auf einen Stuhl. Ich begreife, daß ich ihm etwas anbieten muß, deshalb setze ich Kaffee auf.

»Nette Wohnung«, sagt er, als wir ins Wohnzimmer gehen. »Und so hell«, fügt er hinzu und macht eine Geste zu dem großen Südfenster, durch das man Himmel und Häuserdächer, Vögel und Wolken sieht.

Er setzt sich aufs Sofa, ich setze mich in den Sessel, schenke ihm und mir Kaffee ein. Er trinkt seinen schwarz mit Zucker, ich nehme Milch.

»Was für schöne Bilder du hast«, sagt er. »Hast du sie selbst gemalt? Du bist wohl Künstlerin?«

»Ich male nicht«, antworte ich. »Ich arbeite mit Ton.«

»Bist du Bildhauerin oder Keramikerin?«

»Ich weiß nicht«, sage ich. »Ich habe mich noch nicht entschieden. Außerdem ist es nur eine Nebenbeschäftigung, eher wie ein Hobby eigentlich. Bis jetzt auf jeden Fall.«

»Aber du baust darauf? Als Karriere?«

»Bauen und bauen«, antworte ich. »Dann baue ich wohl mehr auf die Arbeit als solche als auf die Sache mit der Karriere.«

»Das versteh ich jetzt nicht«, sagt Andreas. »Arbeit und Karriere, das ist doch dasselbe.«

»So?« frage ich.

»Hast du was hier, was du gemacht hast?« fragt er.

Ich antworte, indem ich die Milchkanne und die Zuckerdose, die zwischen uns auf dem Tablett stehen, hochhebe. Dann zeige ich auf eine kleine Skulptur im Fenster. Andreas hebt sie hoch, dreht und wendet sie. »Interessant«, sagt er. »Ist das eine Frau oder ein Mann?«

»Ich weiß nicht«, antworte ich. »Kann wohl beides sein.«

Andreas wiegt die Skulptur in der Hand und betrachtet mich versonnen. »Warum lebst du allein?« fragt er.

»Weil ich allein leben will.«

»Daran glaube ich nicht. Man wählt nicht das Alleinsein.«

»Man wählt alles«, antworte ich.

»Ach so, so eine bist du. So eine, die glaubt, daß man wählt.«

»Woran glaubst du selbst?« frage ich.

»Ich glaube, daß die Dinge passieren.«

»Aber das ist doch dasselbe«, sage ich.

Andreas stellt die Skulptur zurück auf die Fensterbank.

»Warum lebst du allein?« wiederholt er.

»Weil ich es will«, wiederhole ich.

»Falsch«, sagt Andreas. »Du lebst allein, weil du keine Wahl hast. Dir ist etwas passiert. Etwas, das es dir unmöglich macht zu wählen.«

»Es gibt immer eine Wahl«, sage ich, aber Andreas schüttelt den Kopf.

»Eine Frau wie du sollte nicht allein leben«, sagt er.

»Warum nicht?« frage ich, aber da guckt er auf die Uhr und sagt, er muß gehen, weil er mit dem Abendessen dran ist.

Ich teile mir ein Atelier mit drei anderen. Wir haben jeder einen Raum in einem alten Lager in einem Abbruchhaus. Es ist ein Abbruchvertrag, deshalb haben wir eine sehr niedrige Miete, sonst hätte ich es mir nicht leisten können.

Man könnte glauben, daß die Wände von Lagern dick sind, aber das sind sie nicht. Wenn wir alle vier hier sind, hämmert und kracht es so, daß es mir schwerfällt, mich auf meine Arbeit zu konzentrieren. An solchen Tage nehme ich mir frei und gehe nach Hause und mache etwas anderes. Aber manchmal gehe ich auch in die Kunsthalle.

Eigentlich schaue ich mir die Bilder nicht wirklich an, sondern schlendere planlos durch die hellen Säle, über den weißen Holzboden unter der verglasten Decke, als wären die Räume leer und als gäbe es gar keine Ausstellung. Ich hätte vielleicht ebensogut im Park herumlaufen können oder unten am Meer, aber ich mag Parks und Stadtstrände nicht, sie wirken so gekünstelt, da kann ich genausogut in die Kunsthalle gehen, auch wenn ich nur hin und her spaziere, vorbei an den Gemälden und Lithographien und um die Skulpturen und Installationen herum, und wenn ich vor einem bestimmten Kunstwerk stehenbleibe, dann meistens zum Schein.

Außer einmal. Einmal war es nicht zum Schein. Einmal fesselte mich ein Gemälde wirklich. Es stellt eine wüstenartige Landschaft dar. Sie ist sandig und steinig, die Sonne brennt, aber man sieht sie nicht, nur ihre starke Strahlung, die die trockene Fläche Risse bekommen läßt, und aus den Sprüngen im Boden kriechen Spinnen und ganz kleine Eidechsen. Sie sind das einzige Zeichen von Leben. Es gibt keine Menschen, überhaupt keine Säugetiere. Und keine Pflanzen und kein Wasser. Nur diesen verbrannten Boden, nur dieses vernichtende Sonnenlicht, das so stark blendet, daß ich nach einer Weile die Augen schließen muß.

Dann stehe ich mit geschlossenen Augen vor dem Bild, als ich jemanden direkt neben mir »Miranda?« sagen höre, und da mache ich die Augen auf. Da steht Mikaela.

Wir gehen zum Café, essen einen Kleinigkeit. Salat, Krabbensuppe und Brot.

»Andreas sagt, du bist Bildhauerin«, sagt Mikaela. »Mit was für Material arbeitest du?« Während sie redet, reibt sie sich eine Schulter. Sie scheint ihr weh zu tun.

»Meistens Ton«, antworte ich. »Rot und weiß.«

»Du behaust das Material nicht?« fragt sie und bearbeitet weiter ihre Schulter. »Stein zum Beispiel?«

»Nein«, antworte ich. »Das nimmt zu viel Platz weg. Und macht viel zuviel Lärm. Hör mal, tut dir die Schulter weh?«

»Ja, ganz wahnsinnig. Die Schulter und der Nakken. Ich hab dort manchmal Schmerzen, wenn ich bei der Arbeit zu viel gehoben habe.«

»Gehoben? Ich dachte, du arbeitest mit autistischen Kindern.«

»Ein paar von denen sind auch physisch behindert. Die sind schwer wie Felsblöcke. Puh, ich bräuchte einen Chiropraktiker. Oder zumindest einen Masseur.«

»Ich kann massieren«, sage ich.

Wir gehen nach Hause und die vielen Treppen rauf zu meiner Wohnung, in mein Schlafzimmer. Mikaela macht den Oberkörper frei und legt sich auf dem Bauch ins Bett. Ich setze mich rittlings auf sie, gieße mir etwas Massageöl in eine Hand und wärme das Öl, indem ich die Hände aneinanderreibe. Als das Öl warm ist, lege ich die Hände auf ihre Schultern, streiche das Öl mit langsamen Bewegungen über Schultern und Nacken und den Rücken hinunter, bis ihre Haut glänzt und sie sich warm anfühlt. Dann fange ich an, die Muskeln zu kneten, zu heben und zu rollen, bis sie der Berührung nachgeben und weich werden.

Mikaela sagt während der ganzen Behandlung nichts, keine von uns sagt etwas, aber danach trinken wir in der Küche ein Bier, und da sagt sie: »Willst du meine Freundin sein? Du verstehst, eigentlich hab ich keinen Freund.«

»Und Andreas?«

»Doch ... Aber du weißt, wie das ist. Mit Männern. Er sieht mich nicht. Manchmal scheint er mich zu suchen, obwohl ich direkt vor ihm stehe, unübersehbar. Als wäre er nicht ganz da.« Sie verstummt, guckt runter auf ihre Hände. »Weißt du«, sagt sie nach einer Weile. »Manchmal glaube ich, wir Frauen sind ganz einfach allein. Das ist einfach so, das kann man nicht ändern. Wir haben vielleicht eine Vorstellung von Gemeinschaft, von Einvernehmen. Aber im tiefsten Inneren sind wir allein.«

»Glaubst du das?« sage ich.

»Glaubst du es nicht?« sagt sie.

Ich zucke die Schultern: »Ich weiß nicht. Ich hab wohl nicht soviel Erfahrung damit.«

»Womit? Mit der Gemeinschaft oder dem Alleinsein?«

Darauf weiß ich keine Antwort, deshalb zucke ich nur noch einmal die Schultern. Mikaela betrachtet mich schweigend, sie saugt mich gewissermaßen mit dem Blick ein, und ich weiß nicht, was ich tun soll, also lächle ich. Sie lächelt zurück. »Weißt du was?« sagt sie. »Ich glaube, du bist ein sehr ungewöhnlicher Mensch.«

»Inwiefern sollte ich ungewöhnlich sein?«

»Ich weiß nicht. Du bist anders als alle anderen, die ich kenne.«

»Und wie sind die?«

»Die sind ... gewöhnlich. Wie alle. Gewöhnliche sterbliche Menschen.«

Sie beugt sich über den Tisch vor, nimmt meine Hand und legt den Kopf schief. »Sag, daß du meine Freundin sein willst«, bittet sie, und ich denke, das kann ich doch sagen.

»Ich will deine Freundin sein«, sage ich.

Samstag morgen. Es klingelt an der Tür. Ich steige aus dem Bett, ziehe den Morgenmantel an und gehe aufmachen. Es ist Andreas: »Ach so, du hast noch geschlafen. Entschuldige.«

»Das konntest du nicht wissen«, sage ich. »Was willst du?«

»Ja, ich hab gehört, du bist Masseuse.«

»Ich *massiere*«, korrigiere ich ihn. »Aber ich bin keine Masseuse.«

»Wie auch immer«, sagt er, »mir tut die Schulter und der Arm weh. Passiert, wenn ich zu lange am Computer sitze.«

»Komm heute nachmittag wieder«, sage ich. »Komm um drei. Wenn du da kannst.«

»Drei ist gut«, sagt er. »Dann haben wir Zeit genug, bevor Mikaela nach Hause kommt. Sie arbeitet dieses Wochenende.«

Er geht, und ich ziehe mich an und laufe zum Atelier. Dort ist es samstags und sonntags ruhig und still. Die, mit denen ich das Atelier teile, haben Familien, mit denen sie am Wochenende zusammen sind.

Ich stelle einen Wecker auf halb drei, damit ich Andreas nicht vergesse. Dann fange ich an zu arbeiten.

Ich bin mit einer Vase beschäftigt. Sie soll dünn und zerbrechlich werden, mit einem langen schmalen Hals, so daß man einen Trichter benutzen muß, wenn man Wasser hineingießen will. Aber dafür bekommt sie einen dicken, kugelförmigen Bauch, damit viel hineinpaßt. Ich drehe nicht. Ich mache lange schmale Würmer aus Ton, Würmer, die ich zu Ringen schlinge, aneinanderdrücke, so daß sie eine sehr dünne gleichmäßige Wand um den Hohlraum bilden, der mit Wasser gefüllt werden soll, wenn die Vase fertig ist.

Um halb drei klingelt der Wecker. Da gehe ich nach Hause.

Andreas kommt genau um drei. Ich führe ihn ins Schlafzimmer, sage ihm, er solle sich den Pulli ausziehen und auf den Bauch ins Bett legen. Dann gehe ich ins Badezimmer und hole das Massageöl. Als ich zurückkomme, liegt er auf dem Bauch, aber er hat sich nicht nur oben herum ausgezogen, er ist völlig nackt und über den Hintern hat er sich ein Handtuch gelegt.

»Sei nicht schockiert«, sagt er. »Das ist nur meine

Art, dir zu sagen, daß ich eine Ganzkörpermassage möchte.«

»Das habe ich begriffen«, sage ich. »Und ich bin nicht schockiert.« Und dann setze ich mich rittlings auf ihn, gieße etwas Öl in eine Hand und wärme das Öl zwischen den Händen, und während ich das tue, dreht er den Kopf, guckt zur mir hoch und sagt: »Also hast du nichts dagegen? Gegen eine Ganzkörpermassage?«

»Nein«, antworte ich.

»Ich bezahle gern dafür«, sagt er.

»Ist nicht nötig«, sage ich. »Du kannst mich im Gegenzug dafür massieren.«

»Aber *ich* kann nicht massieren.«

»Doch, doch, du kannst es lernen. Man muß nur mit den Händen zuhören können.«

»Ja, ja, du bist so eine«, sagt er. »So ein New-Age-Typ.«

»Schhh ...« flüstere ich und lege meine warmen öligen Hände auf seinen Rücken, und er atmet automatisch aus, ein langes Ausatmen, und dann ist er stumm, als hätte er sich aller Worte entleert.

Danach wird zwischen uns nichts mehr gesagt, bis ich mich über seine Schultern und seinen Nacken, seinen Rücken und seine Hinterbacken, die Rückseite der Schenkel und schließlich die Waden gearbeitet habe. Dann muß ich ihn bitten, sich umzudrehen. Das tut er, noch immer ohne etwas zu sagen, und jetzt legt er das Handtuch über sein Geschlecht, und ich knie mich neben ihn und fange an, seinen Brustkorb, seine Hände und Arme zu massieren, und so arbeite ich mich langsam nach unten.

Als ich fertig bin und sanft an allen zehn Zehen gezogen habe, schläft er. Ich lege eine Decke über ihn, damit ihm nicht kalt wird, und lasse ihn schlafen, während ich in die Küche gehe und abwasche und nachsehe, was ich zu essen da habe, und aufschreibe, was eingekauft werden muß. Danach gehe ich hinein und wecke ihn. Er guckt auf die Uhr auf dem Nachttisch.

»O je, ist es schon so spät!« sagt er, steigt aus dem Bett und beginnt sich anzuziehen. »Dann schaffe ich es nicht mehr, dich zu massieren, bevor Mikaela nach Hause kommt.«

»Das kannst du ein andermal machen. Wenn du Zeit hast.«

»Morgen«, sagt er, während er sich den Pulli in die Hose stopft, den Reißverschluß hochzieht und sich durchs Haar streicht. »Morgen hab ich Zeit.« Dann verschwindet er aus dem Zimmer, aus der Wohnung und geht die Treppen runter zu sich und Mikaela.

Nächster Tag. Später Nachmittag. Andreas klingelt an der Tür. Ich mache auf, und wir gehen ins Schlafzimmer.

»Ich weiß nicht, wie man's macht«, sagt er. »Stell dir vor, ich fasse dich zu hart an.«

»Dann sage ich Bescheid. Du brauchst mir nur den Rücken zu massieren«, sage ich und mache den Oberkörper frei, lege mich auf den Bauch ins Bett.

Er hat große Hände, sie bedecken meine Schultern. Er läßt die Daumen den Nacken hinauf bis zum Haaransatz rotieren, reibt die Fingerspitzen an der Kopfhaut. Dann beugt er sich herunter und flüstert mir ins Ohr: »Willst du eine Ganzkörpermassage?«

»Wird's dir nicht zuviel?« frage ich.

»O nein«, antwortet er, und ich setze mich auf und ziehe mir Hose und Socken aus, behalte aber den Slip an. Lege mich wieder auf den Bauch.

Er knetet meine Waden, bis sie weich werden, und dann die Schenkel. Als auch die weich geworden sind, räuspert er sich und sagt: »Ich muß dir ein bißchen den Slip runterziehen ... wenn du willst, daß ich ...«

»Sicher«, sage ich, und er zieht vorsichtig den Slip herunter. Dann legt er die Hände auf meine Hinterbacken, läßt sie da liegen, und sie sind groß und warm, und ich schlafe beinah ein, höre aber, daß er etwas außer Atem ist, ungefähr wie damals, als er mir mit den Tüten geholfen hat.

»Du, ich ...« fängt er heiser an.

»Mmm?« sage ich.

»Ich muß dir etwas gestehen.«

»Aha?«

»Ich bin ziemlich geil im Moment.«

»So?«

»Du nicht?«

»Doch, ein bißchen vielleicht.«

»Was machen wir da?« fragt er.

Er sitzt rittlings auf meinen Schenkeln, die Hände noch immer auf meinen Hinterbacken. Säße er dort nicht, hätte ich mich auf die Seite drehen oder aufsetzen können, aber das kann ich jetzt nicht, also drehe ich nur den Kopf und sage: »Wenn du willst, darfst du dich neben mich legen.«

»Ich will«, sagt er. »Mein Gott, wer würde das nicht wollen!«

»Na gut«, sage ich. »Leg dich hin.«

»Nein, das kann ich nicht.«

»Warum nicht?«

»Das verstehst du doch. Ich hab ja Mikaela. Übrigens, wie spät ist es?«

Ich gucke auf die Uhr auf dem Nachttisch. »Halb sieben«, antworte ich.

»Halb sieben, mein Gott! Mikaela hat um sechs Schluß gemacht. Sie ist sicher zu Hause jetzt. Ich muß gehen.«

Er steigt von mir herunter. Ich ziehe den Slip hoch, rolle auf die Seite und setze mich auf die Bettkante. Er steht auf dem Boden und guckt mich an. »Mein Gott!« sagt er wieder. »Was soll ich Mikaela sagen?«

»Du kannst doch sagen, wie es ist.«

»Wie es *ist*?«

»Ja. Daß du hier warst und Massieren gelernt hast.«

»Glaubst du, das nimmt sie mir ab?«

»Warum sollte sie das nicht tun?« frage ich, aber er antwortet nicht.

Jeden Morgen gehe ich ins Atelier und arbeite an der Vase. Es dauert lange, bis sie fertig wird, sie ist so dünn, daß ich sie immer nur ein kleines Stück fertigstellen kann. Der Ton ist schwer, wenn er feucht und weich ist, er muß zwischendurch ein wenig trocknen, damit die Vase nicht zusammenfällt. Deshalb arbeite ich nur eine kurze Zeit an ihr. Den Rest der Zeit mache ich kleine Skulpturen. Ich presse den Ton, forme ihn zu verschiedenen Figuren, ohne darüber nachzudenken, was ich mache. Wenn eine Figur fertig ist, stelle ich sie zum Trocknen. Und fange dann mit einer neuen an. Ich habe Unmengen solcher kleinen Figuren, die nichts Besonderes darstellen. Kleine Figuren, die niemandem und nichts ähneln. Manchmal, wenn ich sie angucke, frage ich mich, wie sie eigentlich entstanden sind, ob sie wirklich von mir stammen. Einige von ihnen, die, die ich oft angucken will, nehme ich mit nach Hause, wenn sie trocken sind.

Eines Tages, als im Atelier viel zuviel Lärm ist, um arbeiten zu können, gehe ich nach Hause und denke, ich nutze die Gelegenheit und putze ein bißchen. Gerade als ich den Staubsauger herausgeholt habe, klingelt es an der Tür. Es ist Mikaela.

»Andreas sagt, du kannst einem Massieren beibringen«, sagt sie.

»Willst du es auch lernen?«

»Ja. Wenn du Lust hast? Und Zeit?«

Wir gehen ins Schlafzimmer. Zuerst massiere ich Mikaela und bitte sie zu versuchen, darauf zu achten, was ich mache und wie ich es mache. Dann ziehe ich mich aus, und dann tauschen wir die Positionen.

Sie hat kleine und sehr weiche, aber starke Hände, die die Muskeln meines Körpers bestimmt, aber dennoch vorsichtig kneten.

»Tut das gut?« fragt sie.

»Das tut sehr gut«, antworte ich.

Dann sagen wir nichts mehr. Mikaela massiert mir Rücken, Schultern und Oberarme. Waden und Schenkel. Dann zieht sie vorsichtig meinen Slip herunter und legt ihre Hände auf meine Hinterbacken. Zuerst streichelt sie sie eine Spur unschlüssig, zumindest wirkt es so. Dann fängt sie wirklich an, sie zu massieren, bald vorsichtig, bald fest. Als sie damit fertig ist, flüstert sie: »Dreh dich um.«

Ich drehe mich um, und sie setzt sich wieder rittlings über meine Schenkel und guckt auf mich herunter. Ihre Wangen sind rot vor Anstrengung, und jetzt soll sie meinen Brustkorb massieren, doch das tut sie nicht. Statt dessen legt sie ihre Hände auf meine Brüste, eine warme Hand auf jede. Und hält sie eine Weile, hält sie nur, ganz still, und ich mache die Augen zu, und während ich die Augen geschlossen habe, nimmt sie langsam die Hände von meinen Brüsten und beugt sich dann über mein Gesicht und küßt mich.

Danach sagt sie: »Ich konnte es nicht lassen. Entschuldige.«

»Das macht nichts«, sage ich. »Du kannst es gern wieder tun, wenn du willst.«

»Nein. Das ist nicht richtig«, sagt sie.

»Und warum nicht?« sage ich.

»Es ist nicht richtig Andreas gegenüber. Übrigens muß ich jetzt gehen.«

Aber sie geht nicht, sie bleibt sitzen. Und sie beugt sich wieder über mich und küßt mich wieder, und diesmal küsse ich sie auch. Sie legt sich auf mich und umarmt mich, umschließt mich, und ich umfasse ihren Rücken. Wir rollen im Bett herum, so daß ich nach oben zu liegen komme. Ich ziehe ihr den Slip aus, streichle sie, ihre feuchte Wärme, und sie macht das gleiche mit mir. Dann ich wieder bei ihr. Dann sie wieder bei mir, und so weiter.

Danach sagt sie: »Mit dir bin ich nicht allein. Mit dir ist die Zusammengehörigkeit keine Illusion. Sie ist wirklich. *Du* bist wirklich. *Wir* sind wirklich.«

Am nächsten Nachmittag, als ich nach Hause komme, liegt ein Umschlag auf der Fußmatte. Ich öffne ihn. Er enthält eine kleine Briefkarte:

Miranda!

Eigentlich sollte ich sagen, daß wir uns nicht mehr sehen dürfen. Aber statt dessen sage ich folgendes: Andreas darf unter keinen Umständen wissen, was zwischen uns passiert ist. Und ich will, daß es wieder passiert. Wir müssen ganz einfach zusammensein, Du und ich. Und das können wir nur, solange er es nicht weiß. Er würde es nicht verstehen. Er würde völlig verrückt werden. Oder er würde es uns irgendwie wegnehmen. Er würde einfach dabeisein wollen, Du weißt, wie Männer sein können.

Du kannst vielleicht bei mir reinschauen, wenn Du das hier gelesen hast, damit ich erfahre, was Du denkst und fühlst. Wenn Andreas zu Hause ist, kannst Du vielleicht einfach fragen, ob wir Lust haben, Dich zum Kaffee einzuladen.

Kuß, Mikaela

Ich gehe runter in den ersten Stock und klingle. Es ist Andreas, der aufmacht.

»Hallo«, sage ich. »Habt ihr nicht Lust, mich zum Kaffee einzuladen?«

»Nein, aber zum Essen«, antwortet er und läßt mich in den Flur. Er legt den Arm um mich. »Wir wollen gerade essen«, fährt er fort und läßt die Hand meinen Rücken runtergleiten.

Als Mikaela in den Flur kommt, zieht er die Hand zurück.

»Ach so, du bist es«, sagt sie. »Wie schön. Willst du mit uns essen?«

»Ich hab sie gerade eingeladen«, sagt Andreas.

»Hat sie ja gesagt?«

»Sicher«, antwortet Andreas.

Er legt wieder den Arm um mich, aber jetzt tut er es nur, um mich in die Küche zu führen. Es riecht saftig und fleischig. »Gulasch?« frage ich.

»Seemannsklops«, antwortet Mikaela.

Der Tisch ist für zwei gedeckt. Sie decken auch für mich. Während Andreas eine Flasche Rotwein entkorkt, wirft mir Miranda einen fragenden Blick zu und formt die Worte *Hast du es gelesen?* mit den Lippen.

Ich nicke.

Da formt sie die Worte: *Willst du?*

Ich nicke wieder, und Mikaela bekommt rote Wangen. Andreas stellt die Flasche auf den Tisch und setzt sich auf einen Stuhl mir gegenüber, während Mikaela sich umdreht und einen großen Topf vom Herd hebt und ihn auf den Tisch stellt.

»Puh«, sagt sie. »Der war schwer.«

»Achte auf deine Schultern«, sagt Andreas. »Sonst mußt du wieder zur Masseuse.«

»Da geh ich doch gern hin«, sagte Mikaela und blinzelt mir zu, von Andreas halb abgewandt, und dann setzt sie sich neben ihn und hebt den Deckel des Topfes, und es dampft daraus, und der Duft kommt ganz nahe, und wir füllen Essen auf die Teller und gießen Wein in die Gläser.

»Skål auf die Hausmasseuse!« sagt Andreas und hebt das Glas.

»Genau!« sagt Mikaela und hebt ebenfalls ihr Glas. »Skål auf die Hausmasseuse!«

Und ich hebe meines, frage aber: »Aha, und auf wen soll ich trinken?«

»Trink auf dich selbst.«

»Nein«, sage ich. »Ich trinke auf meine guten Nachbarn und ihre bösen Schultern.«

An einem späten Nachmittag, als ich vom Markt komme, wo ich eingekauft habe, begegne ich Andreas im Treppenhaus. Er ist unterwegs nach unten. »Was hast du heute abend vor?« fragt er.

»Nichts Besonderes. Wieso?«

»Könnten wir nicht zusammen zu Abend essen, du und ich? Mikaela ist ein paar Tage verreist. Die Arbeit. Eine Art Landschulheim, glaube ich. Und ich esse nicht gern allein. Schau rein, wenn du anfängst, Hunger zu kriegen. Ich will jetzt nur los und Milch einkaufen, dann bin ich wieder zu Hause.«

Als ich anfange, Hunger zu bekommen, gehe ich runter in den ersten Stock und klingle. Die Wohnung riecht nach Fischrestaurant. Er hat Lachs gegrillt und Kartoffeln gekocht, und das Essen ist gerade fertig und der Tisch für zwei gedeckt, mit Zitronenscheiben auf einer Platte, Weißwein im Eiskühler und Leuchtern mit brennenden Kerzen. Wir essen und trinken.

»In gewisser Weise beneide ich dich«, sagt Andreas. »Du bist frei. Du kannst machen, was du willst.«

»Kannst du das nicht?« frage ich.

»Du lebst allein«, sagt er. »Du kommst allein zurecht. Du würdest dir nie gestatten, von jemand anders abhängig zu werden.«

»Bist du abhängig von Mikaela?« frage ich.

»Im Gegenteil. Sie ist abhängig von mir. Oder abhängig von *jemand*. Sie vermittelt mir Schuldgefühle.«

Er macht eine Pause, hebt das Weinglas zum Mund, trinkt, stellt das Glas wieder hin. Fährt fort: »Sie sagt immer, daß sie sich mit mir allein fühlt. Und dann klammert sie sich an mir fest, ganz buchstäblich, mein ich, und dann sagt sie, ich sei nicht da. *Du bist nicht hier, Andreas*, sagt sie. Ich versteh sie einfach nicht.

Ich kapier nicht, was sie von mir will.«

»Und was willst du selber?« frage ich.

»Ich weiß nicht genau. Ruhe und Frieden, nehm ich an. Und eine Frau, die mich versteht. Eine Frau, die mich sieht. Die sieht, daß ich faktisch da bin.«

Er verstummt. Sieht plötzlich verlegen aus. »Gott, was ich rede!« sagt er. »Aber du kannst so gut zuhören. Wollen wir uns gegenseitig massieren?«

Ich lache auf. Aber er meint es ernst, er lacht nicht, da sage ich: »Ich weiß nicht, ob ich es kann. Jetzt nach dem Essen und dem Wein.«

»Dann massiere ich dich«, sagt er. »Komm.«

Er nimmt meine Hand, zieht mich vom Stuhl hoch, führt mich ins Schlafzimmer, sein und Mikaelas Schlafzimmer. Und wir stehen am Fußende des Doppelbettes, und er packt und zieht mich an sich und flüstert in mein Haar: »Diesmal bekommst du eine Ganzkörpermassage. Und wenn ich sage ganz, meine ich wirklich ganz.« Dann bohrt er seine Finger in mein Haar und massiert mir langsam die Kopfhaut. Ich schließe die Augen, und dann küßt er mich. Und als er mich geküßt hat, macht er einen Schritt zurück.

»Zieh dich aus«, sagt er. »Zieh dich aus, und ich sehe zu.« Und ich denke, das kann ich doch machen, und dann ziehe ich mich aus.

Als ich nackt bin, lege ich mich mit dem Rücken aufs Bett. Er zieht sich aus, während er auf mich heruntergeguckt. Und als er ausgezogen ist, bleibt er an der Bettkante stehen. Er hat eine Erektion. Ich weiß nicht genau, was ich jetzt machen soll, also lege ich eine Hand auf seinen Schenkel. Der ist fest und etwas behaart. Ich lasse die Hand um die Rückseite des Schenkels gleiten und ziehe ihn herunter ins Bett.

Er liegt auf mir, sein Körper bedeckt meinen, und ich frage mich, wie er mich hier unten überhaupt wahrnehmen kann. Daß er nicht vergißt, daß ich hier bin. Aber er fängt an, mich am ganzen Körper zu streicheln, und ich kann mich unter seinen Händen beinah selbst nicht wahrnehmen. Ich klammere mich fest an ihn, damit ich nicht verschwinde.

»Oh«, sagt Andreas. »Du willst. Du willst mich.« Und dann dringt er in mich ein, und ich denke, jetzt werde ich wohl in tausend Stücke zerspringen und davonfliegen in alle Richtungen. Aber er hält mich zusammen, er hält mich zusammen mit seinem Gewicht und seinen Armen.

Nachher sagt er: »Du bist nicht wie andere Frauen. Du bist speziell.«

»Was ist so Spezielles an mir?« frage ich.

»Du bist nicht wie Mikaela. Sie ist so ... beschränkt. Es muß auf eine bestimmte Art und Weise sein. So verdammt auf die gleiche Art, und bestimmten Regeln folgen. Sie stößt mich ab mit diesen Regeln. Du ahnst nicht, wie wunderbar es ist, einer Frau zu begegnen, die einen annehmen will. Die *mich* annehmen will – wie ich bin. Eine Frau wie du sollte wirklich nicht allein leben.«

»Warum nicht?« frage ich.

»Es ist eine Verschwendung von Naturressourcen.«

Die meisten Tage arbeite ich im Atelier. Ich schlinge Würmer um den Hohlraum der Vase. Der Hohlraum wird enger und enger, ich arbeite jetzt am Hals. Der ist so eng, daß ich, wenn ich die Würmer an- und zu der dünnen zerbrechlichen Wand, die ich haben will, zusammendrücke, mit den kleinen Fingern arbeiten muß.

Als die Vase steht und trocknet, forme ich Figuren mit meinen Händen. Krumme Figuren, asymmetrische Figuren, Figuren, die ohne Stütze nicht stehen können, und Figuren, die zusammensacken, weil der Ton zu schwer ist. Die Arbeit an ihnen unterbricht auf angenehme Weise das Herumfingern an der Vase. Die Vase ist eine Auftragsarbeit. Sie soll Teil einer Serie langhalsiger Karaffen, Kannen und Tassen, länglicher Schalen und Sahnekännchen werden. All das ist schon fertig. Das einzige, was ich noch zu machen habe, ist eine Suppenterrine mit hohem schmalem Fuß. Und dann die Vase. Doch die ist jetzt bald fertig, sie muß nur noch trocknen, und dann glasiere ich sie, und schließlich wird sie gebrannt. Ich habe schon angefangen mit Skizzen für die Suppenterrine.

Eines Tages, als im Atelier wieder zuviel Lärm ist, benutze ich die Gelegenheit, in die Kunsthalle zu gehen. Und zu dem Gemälde zurückzukehren, von dem mich an jenem Tag Mikaela weggeholt hat. Dem Gemälde, das eine Wüstenlandschaft darstellt.

Sie ist sandig und steinig wie letztes Mal, zeigt dieselbe brennende Sonne, die die Fläche Risse bekommen läßt, und aus den Sprüngen kriechen die Spinnen und die kleinen Eidechsen, und es gibt noch immer keine Menschen, nur dieses vernichtende Sonnenlicht. Ich zwinge mich dazu, die Augen offenzuhalten, obwohl das Licht hereinbrennt und mich erst so blendet, daß ich nur diesen starken weißen Schein sehe, und der tut weh den ganzen Weg von den Augen in den Kopf hinein, und ich wundere mich, daß sie nicht auch Sprünge bekommen oder daß das Licht sie nicht ausbrennt und mich mit zwei schwarzen Höhlen im Gesicht zurückläßt, aber ich halte dennoch die Augen weiter offen, und nach einer Weile kann ich durch den weißen Schein sehen, ich kann wieder das Bild selbst sehen, aber jetzt sieht es aus, als ob die Spinnen und die Eidechsen sich wirklich bewegen, wirklich aus den Sprüngen kriechen, wirklich über die trockene Fläche kriechen, als wäre das hier ein Film und kein Gemälde. Es sieht aus, als bauten die Spinnen in den Ecken des Bilderrahmens kleine Netzwerke. Der Künstler hat das Gemälde Luftspiegelung genannt.

Später, als ich wieder zu Hause bin, klingelt Mikaela bei mir – sie muß durch das Guckloch in ihrer Tür gesehen haben, daß ich im Treppenhaus vorbeigegangen bin –, und ich lasse sie rein, und wir gehen in mein Schlafzimmer und ziehen uns aus und legen uns aufs Bett.

Sie küßt mich. Sie küßt meine Lippen, meinen Hals. Sie knabbert an meinen Brustwarzen und küßt sich meinen Bauch, meine Leisten hinunter. Sie ist zwischen meinen Schenkeln. Ihr Kopf liegt da, als wäre ich dabei, sie zu gebären.

Nachher sagt sie: »Ich muß duschen, bevor ich gehe. Andreas hat einen guten Geruchssinn, und er würde sofort merken, wenn ich den Körpergeruch einer anderen Frau an mir hätte.«

»Das klingt beinah, als ob du einen Hund beschreibst«, sage ich.

»So?« Sie steht auf und stellt sich auf den Boden neben das Bett.

Ich lege eine Hand auf ihren Schenkel. Die Haut ist weich und etwas flaumig. Sie streckt sich, und es knackt leicht in ihren Gelenken. Meine Hand gleitet ihr Bein hinunter und landet am Fuß.

»Vielleicht *ist* es ein Hund, den ich beschreibe«, sagt sie.

Sie geht vom Bett weg und stellt sich ans Fenster, guckt durch die Ritzen in den Jalousien raus. Sie stehen schräg, so daß die Sonne, die hereinsickert, sie gestreift und etwas unscharf in den Konturen macht. Es erinnert an eine Szene aus einem Film, den ich mal gesehen habe, »American Gigolo«, nur steht da Richard Gere am Fenster, und Lauren Hutton liegt im Bett.

»Er ist wirklich ein bißchen hundeähnlich«, sagt sie von Andreas. »Hechelnd. Bittend. Er tappt hinter mir her, wohin ich auch gehe. Er wedelt mit dem Schwanz. Bettelt. Er bettelt um Aufmerksamkeit, er bettelt um Sex, Nähe. Liebe. Er bettelt um alles, worum man betteln kann.«

Sie dreht sich zu mir. Sie sieht traurig aus. »Es ist so anders mit dir«, sagt sie. »Du bettelst nicht. Du bittest nicht um Erlaubnis. Aber du drängst dich auch nicht auf.«

Sie guckt runter auf die Fensterbank. »Was ist das hier?« fragt sie und hält eine meiner kleinen Skulpturen hoch. »Ist das ein Mensch?«

»Ich glaube. Ist nur etwas reptilähnlich geraten.«

»Ja, da hast du recht«, sagt sie und fingert daran, streichelt sie mit den Fingerspitzen. »Die sieht aus, als ob ihr was weh tut«, sagt sie nach einer Weile. »Die sieht aus, als ob sie Schmerzen hat.«

Dann stellt sie sie wieder hin und geht ins Badezimmer und duscht meinen Geruch von ihrem Körper. Als sie fertig ist, geht sie runter zu sich und Andreas.

Der Todesraum

Ich wünschte, es gäbe einen Stuhl hier, dann könnte ich mich hinsetzen und ausruhen. Ich stehe da und notiere. Stehe, weil es keine Stühle gibt, es ist nicht beabsichtigt, daß man in diesem Raum hier sitzt. Beabsichtigt ist, daß man liegt und stirbt oder schon tot ist oder daß man zwischen den Betten herumläuft und die Sterbenden pflegt und die schon Toten wäscht und einpackt. Sie in Kisten packt, die dann von hier wegtransportiert werden.

Hier ist es so still heute, so ungewöhnlich ruhig. Ich stehe mitten im Raum und betrachte die Toten. Heute sind hier ein Erstochener, ein Zerhackter, ein Ertrunkener und ein Verbrannter, sowie einige, die an Krankheiten gestorben sind: Hirnhautentzündung, Lungenentzündung, Tuberkulose, Gelbsucht, Krebs und Aids. Hier gibt es im Moment keine Sterbenden, nur diese Toten, und die sind völlig still.

Ich bin hier, weil ich es vorziehe, mit toten Menschen zu arbeiten, weil mir die lebenden Menschen zuviel werden, ihr Lärm und ihr Fleiß werden mir zuviel, ihre Angst und ihr ewiger Kampf, er macht mich nervös, dieser Kampf, er macht mich völlig kraftlos, ausgebrannt. Die Toten geben mir Frieden, sie ruhen ja in Frieden, und sie geben mir ab von ihrem Überfluß.

Sie sind nie sehr lange hier, sie werden hier nur zurechtgemacht und schnell weitergeschickt, bevor sie anfangen, schlecht zu riechen. Ein Teil von ihnen wird später obduziert, damit man mit Sicherheit die Todesursache feststellen kann. Und die, mit denen noch etwas anzufangen ist, die nicht schon zerschnitten sind, werden zu Transplantationen und Forschungszwekken benutzt, um zu verhindern, daß andere Menschen in Zukunft sterben. In Zukunft wird niemand mehr sterben. Es wird verboten sein. In Zukunft wird es nichts mehr geben, wo man hin kann. Keine Ausfahrten, keine Zufluchtsorte. In Zukunft werden Menschen wie auf einer eingezäunten Autobahn leben, unterwegs mit 110 Stundenkilometern, in alle Ewigkeit.

Wenn es mal schlecht riecht in diesem Raum, dann also nicht aufgrund der Toten, sondern aufgrund der Ausscheidungen der Sterbenden. Urin und Schweiß, Blut und Eiter, Erbrochenes und Exkremente.

Wenn ich sowieso hier bin und wenn es nötig ist, wenn das Personal knapp ist und viele Patienten da sind, helfe ich mit, die Sterbenden zu versorgen. Ich gebe ihnen Wasser zu trinken, wenn sie noch trinken können. Wenn nicht, befeuchte ich ihre Münder mit nassen Kompressen. Ich drehe sie, wasche sie, beziehe die Betten frisch. Ich mache das nicht nur für sie, ich mache es für unser aller Wohlbefinden. Wenn die Sterbenden in ihren Ausscheidungen liegen, ohne daß sie in regelmäßigen Abständen gereinigt und frischgemacht werden, wird der Gestank hier drinnen unerträglich.

Die Pfleger und die Krankenschwestern waren mir gegenüber zunächst voller Argwohn. Sie waren argwöhnisch, weil ich einfach hier im Raum stand und die stillen Körper der Toten ansah, dastand und dem Atmen der Sterbenden lauschte. Dastand und notierte, was ich sah und hörte. Sie glaubten, ich sei pervers, ich sei eine Art Voyeur. Aber seit ich angefangen habe, mich einzumischen und mit anzufassen, wo es nötig ist, seit ich ihnen gezeigt habe, was für ein Mensch ich bin, und sie gesehen haben, daß ich es kann, daß ich es schaffe und geschickt darin bin, seit sie sehen, daß ich es nicht zum ersten Mal tue, haben sie angefangen, mich zu respektieren. Manchmal behandeln sie mich beinah wie eine von ihnen. Manchmal laden sie mich sogar zu einer Tasse Kaffee in den Personalraum ein. Und an den Tagen, an denen ich nicht mithelfe, kann ich jetzt in Ruhe und Frieden hier stehen und schauen und zuhören und notieren, ohne mich beargwöhnt zu fühlen, ohne Neugier und Verachtung in ihren Blicken zu sehen, ohne ihr Flüstern, ihr Zischeln und Tuscheln hinter meinem Rücken zu hören. Ohne mich bedroht zu fühlen.

So sind die Lebenden: Man muß zeigen, was man kann und wer man ist, damit sie keine Angst vor einem haben, damit man keine Angst vor ihnen zu haben braucht. Man muß zeigen, daß man die gleichen Dinge tun kann wie sie – exakt die gleichen Dinge, nicht mehr und nicht weniger –, um Ruhe und Frieden zu haben und als ein Ebenbürtiger behandelt zu werden. Als ein Lebender.

Die Patienten, die hierherkommen, um zu sterben, haben eines gemeinsam. Keiner von ihnen hat Angehörige oder ihm Nahestehende. Sie werden von Ärzten und Psychologen in den Pflegeabteilungen der Krankenhäuser ausgewählt – oder eher aus ihnen aussortiert – und kommen mit einer Bescheinigung hierher. Die Bescheinigung bescheinigt, daß der betreffende Patient keinen Menschen hat, der ihm oder ihr nahesteht, keinen, der zu Besuch kommt, keinen, der trauern wird. Zweitens bescheinigt die Bescheinigung, daß der Patient seinem eigenen Tod mental und gefühlsmäßig so nahe ist, daß er oder sie ihn nicht mehr als Bedrohung sieht, sondern bereit ist zu sterben und damit auch bereit, unter den Toten zu sein.

Keiner, der nicht bereit ist zu sterben, soll unter den Toten sterben müssen; das ist der eigentliche Sinn dieser Bescheinigungen, die immer im Einvernehmen von zwei Ärzten und einem Psychologen ausgestellt werden. Die Ärzte beurteilen den Zustand des Patienten in rein medizinischer Hinsicht. Der Psychologe beurteilt, inwieweit der Patient aufgehört hat, um sein Leben zu kämpfen.

Manchmal kommt es allerdings vor, daß der Status der Sterbenden falsch beurteilt wird. Es kommt vor, daß sie hier heruntergeschickt werden, obwohl sie noch zu retten wären. Dann sieht man den Kampf in ihren Augen.

Gestern nachmittag kam ein solcher Patient hierher. Ich erinnere mich nicht mehr, ob es eine Frau war oder ein Mann, aber ich erinnere mich an diesen Blick. Der Patient lag ohne Zweifel im Sterben, litt an einer unheilbaren Krankheit, es war nicht mehr viel Zeit, vielleicht ein paar Stunden. Der Atem folgte einem bestimmten Rhythmus, einem sehr langsamen Takt mit langen Pausen zwischen jedem Atemzug. Das Gesicht war faltig, ausgemergelt, beinah ausgehöhlt. Es war ein altes Gesicht, dennoch war das hier eine sehr junge Person, erst sechsundzwanzig, dem Krankenblatt zufolge. Die Krankheit hatte das Gehirn angegriffen – auch dies stand im Krankenblatt. Der Blick schien nach innen gerichtet, gleichzeitig aber weit weg, genau wie bei neugeborenen Kindern. Und tief drinnen in den Augen sah ich den Schrecken und den Kampf, und ich wußte, hier hatte man jemanden falsch beurteilt.

Die Krankheit hatte nicht nur das Gehirn angegriffen, sondern auch viele innere Organe, viele der vitalsten: die Lungen, die Nieren, die Därme und die Leber. Die Haut war gelbsüchtig, wund, eitrig. Der Patient roch schlecht, nach Blut, nach Eiter, Urin und Exkrementen. Aber auch nach Angst. Angst hat einen alarmierenden Geruch, einen, der abschreckt und vermutlich dazu da ist, andere auf Distanz zu halten und damit die Gefahr von Angriffen zu verringern.

Ich tat, was ich konnte, entfernte alles, was schmutzig und verdreckt war, warf Laken, Windeln, Kleider weg. Wusch den Patienten am ganzen Körper. Wenn ich jetzt daran denke, wird mir klar, wie merkwürdig es ist, daß ich mich nicht erinnere, ob es eine Frau war oder ein Mann. Es war ja gestern, ich habe gestern diesen Körper mit desinfizierender Seife gewaschen, eingecremt und gepudert, ihm eine neue Windel angelegt, ein frisches Hemd angezogen und das Bett mit frischen Laken bezogen.

Ich erinnere mich nur an den Schrecken, der in den Augen aufblitzte und durch die Poren sickerte. Den Schrecken, der sich nicht abwaschen ließ. Den Blick, der mir und meinen Bewegungen und meinem Tun keineswegs folgte, der mich aber dennoch um etwas zu bitten schien, ich weiß nicht, um was.

Ich erinnere mich nur, daß ich tat, was ich konnte. Ich tat, was ich konnte, damit alle sich wohl fühlten, und als ich alles getan hatte, gab es nichts mehr zu tun, als zu diesem alten, jungen Menschen ins Bett zu kriechen und die Arme um den mageren, wunden Körper zu legen. Zu versuchen, zu beruhigen, zu versuchen, Kontakt zu bekommen, Vertrauen zu gewinnen. Zu versuchen, den Blick zu fangen. Ich glaube, das gelang mir, wenn auch nur ganz kurz. Dann glitt er davon, glitt er fort, hinein in sich selbst, verschwand dort drinnen in der Unendlichkeit. Aber das Atmen ging weiter und ich hörte ein schwaches Jammern. Es war noch Leben in dem Sterbenden, Leben und Angst, deshalb flüsterte ich: »Hab keine Angst, es ist nicht schlimm, nicht schlimm zu sterben. Hab keine Angst, es ist nicht schlimm, nicht schlimm zu sterben.«

Ich flüsterte und flüsterte und hielt den Körper, bis der Atem ganz und gar aufhörte, er den Kampf aufgab. Der Kampf und die Angst und das Leben und die Seele: Alles verschwand auf einmal, wurde davongetragen wie schwere Lasten. Ich spürte es, spürte, wie alles davongetragen wurde und wie das, was noch da war, leicht und hohl wurde. Als wäre nichts mehr da.

Gleich darauf ließ ich den Körper los, stieg aus dem Bett, stand da und sah auf das Gesicht des Toten. Die Augen starrten leer, auf nichts, der Blick erloschen. Ich legte die Hand auf seine Stirn, strich über die Hügel unter den Augenbrauen und klappte mit Daumen und Zeigefinger die Augenlider herunter. Jetzt sah ich nur Frieden, spürte nur Frieden.

Eine Krankenschwester kam zu mir und sagte, ich solle meine Kleider in die Wäsche werfen und dann duschen, mich sorgfältig mit desinfizierender Seife waschen und frische Kleider anziehen. Ich tat, was sie sagte.

Nach dem Duschen ging ich wieder in den Todesraum, stellte mich irgendwohin, wo ich nicht im Weg war.

Stand dann da wie immer und notierte. Ich guckte ab und zu hoch, und wenn ich den Blicken von einem der Pfleger oder einer der Krankenschwestern begegnete, guckten die weg. Sie wollten mir plötzlich nicht mehr in die Augen sehen, und sie zischelten und tuschelten in den Ecken des Raumes, genau wie sie es früher gemacht hatten, am Anfang, bevor sie sich an meine Gegenwart gewöhnt hatten. Sie waren mir gegenüber wieder argwöhnisch geworden. Zuerst versuchte ich, es zu ignorieren, aber das schaffte ich nicht, ich mußte erfahren, was nicht stimmte. Ich schlug den Notizblock zusammen, steckte mir den Stift hinters Ohr und ging zu einem der Pfleger, einem jüngeren, einem Zeitangestellten, nahm ihn beiseite und fragte geradeheraus: »Was ist los?«

»Die glauben, du bist nekrophil«, antwortete er.

Ich ließ die Sache eine Weile auf sich beruhen. Es gab gestern viel zu notieren, wozu ich nicht gekommen war. Denn es hatte mich viel Zeit gekostet, die Angst des Sterbenden zu mildern, und außerdem war ich gezwungen, ein paar Zeilen über eben diesen Vorfall zu schreiben, damit er nicht in Vergessenheit geriet. Deshalb begnügte ich mich zunächst mit der Antwort des Pflegers und nahm meine alte Position wieder ein und machte weiter Notizen.

Doch als das ganze Personal in den Personalraum gegangen war, um Kaffee zu trinken, ging ich hinterher, stellte mich in die Türöffnung, holte tief Luft und sagte: »Ich bin nicht nekrophil. Ich bin dazu viel zu passiv veranlagt. Ich werde nicht geil bei Leichen, aber ich habe keine Angst vor dem Tod, weder vor meinem eigenen noch vor dem anderer.«

Niemand sagte etwas, eine ganze Weile, es müssen

mehrere Minuten vergangen sein. Alle guckten in ihre Kaffeetassen und sahen verlegen aus. Ich selbst blieb stehen, lehnte mich an den Türrahmen und wartete. Schließlich räusperte sich eine der Krankenschwestern, es war dieselbe, die vorher zu mir gesagt hatte, ich solle duschen, und als sie sich geräuspert hatte, guckte sie hoch und mich an und sagte: »Hier ist auch Kaffee für dich, wenn du möchtest.«

Aber es war inzwischen mitten in der Nacht, und ich wollte keinen Kaffee. Ich wollte nach Hause radeln und schlafen. Ich lehnte ab, sagte gute Nacht und nahm den Aufzug rauf zum Parterre.

Es war warm draußen, windstill und schwül. Der Regen hing in der Luft, es war, als ob man sich in einer warmen Wolke befand.

Als ich das Rad aufschließen wollte, sah ich, daß beide Reifen platt waren. Ich ließ es stehen und ging zu Fuß nach Hause.

Ich bin eine friedliche Person, pflege Streit zu vermeiden, wenn ich kann. Es ist nicht so, daß ich Angst vor Schmerz habe, es liegt an den Menschen. Diese Konfrontation mit lebenden Menschen, die Angst vor dem Tod haben und um ihr Leben kämpfen. Lebende Menschen halten soviel für selbstverständlich. Sie halten für selbstverständlich, daß alle anderen auch Angst haben – und wenn sie sich schlagen, geht es um Leben und Tod. Und wer überlebt, hat gewonnen, und wer tot ist, hat verloren.

Es ist diese Sichtweise, die mich erschreckt, diese Sicht auf das Dasein, auf das Leben als ein Kampf und den Tod als eine Niederlage. Das ist es, was mich nervös macht, das ist der Grund, warum mir die lebenden

Menschen zuviel werden, warum ich Frieden nur bei den Toten finde.

Es fing an zu regnen. Ein heftiger Wolkenbruch. Ich hatte mindestens zwanzig Minuten Fußweg vor mir und erwog, den Weg durch den Fußgängertunnel zu nehmen. Ich würde nicht viel Zeit gewinnen, aber unter der Erde regnet es wenigstens nicht, und der Gedanke an ein paar Minuten Aufschub wirkte verlokkend. Aber der Fußgängertunnel bedeutet immer ein Risiko. Es sind meistens Menschen dort unten.

Ich ging das Risiko ein.

Es war dunkel im Tunnel, beinah schwarz. Die Lampen waren kaputt, vielleicht hatte sie jemand zerschlagen, das kommt manchmal vor. Ich weiß nicht, woran es in dieser Nacht lag, es war jedenfalls dunkel, obwohl ich die Öffnung ganz hinten am Ende des Tunnels sah, und in dieser Öffnung konnte ich einen schwachen, aber warmen Schein von den Straßenlaternen erkennen.

Es hallte, ich hörte Schritte, meine eigenen Schritte, sie klangen wie die Schritte vieler Menschen, und vielleicht waren es auch die Schritte vieler Menschen, die ich hörte, ich weiß es nicht. Ich weiß nicht, wie viele sie waren, nur daß es mindestens zwei waren. Einer, der mich von hinten packte, mir die Arme auf den Rücken drehte und seine Hand hart auf meinen Mund preßte – als ob mir einfallen würde zu schreien. Ich versuchte, mich loszureißen, ihm zu sagen, daß ich nicht die Absicht hätte zu schreien, daß ich nicht die Absicht hätte, zu kämpfen und mich zu schlagen, daß ich keine Angst hätte. Aber als ich versuchte, mich aus dem Griff loszureißen, wurde der härter, und ich hatte Mühe zu atmen, deshalb hörte ich auf, mich zu bewegen, und entspannte mich ganz und gar.

Der andere Mensch, der ganz bestimmt da war, der andere, dessen ich mir völlig bewußt war, riß mir die Kleider herunter, nicht alle, nur die Hosen und die Schuhe. Dann wurde ich auf den Boden gedrückt, aufs Steinpflaster. Es fühlte sich kalt an auf meiner nackten Haut. Inzwischen hatte ich mich so weit an das Dunkel gewöhnt, daß ich Schatten und Bewegungen sah. Aus diesen schloß ich, daß mehrere Personen um mich herumstanden. Aber nur diese beiden drangen in mich ein.

Der erste drang ziemlich gewaltsam ein, und ich glaube, irgendetwas riß da unten, ging kaputt, und vielleicht hätte ich in diesem Augenblick geschrien, wäre nicht diese Hand hart auf meinen Mund gepreßt gewesen. Es fühlte sich kalt an da unten, da drinnen, und stumm, wie Hartplastik oder Bakelit, aber dieser erste Verkehr dauerte nicht so lange, dieses Stumme und Kalte glitt nur einige Male hinein und hinaus, dann tauschten die beiden Personen miteinander den Platz. Und der, der mich jetzt hielt, hielt mich nicht so hart wie der vorige, weder meine Arme noch meinen Mund. Diesmal war es leichter zu atmen. Und der, der jetzt in mich eindrang, hatte es nicht so eilig, war nicht so hitzig, wirkte nicht so aggressiv. Es fühlte sich diesmal nicht ganz so stumm an, nicht ganz so kalt. Und mein Unterleib hatte sich daran gewöhnt, war ausgedehnt und feucht. Ich begriff, daß ich blutete. Das Blut funktionierte als Gleitmittel. Dieser Verkehr dauerte länger, war rhythmischer, leichter zu erleben. Es tat nirgends weh. Am Ende hatte ich mich so sehr daran gewöhnt, daß überhaupt nichts mehr zu spüren war.

Nachher liefen sie weg, wurden eins mit dem Dunkel. Ihre Schritte hallten, und ihr Echo schepperte hart von den Tunnelwänden, aber das Geräusch nahm an Stärke ab, und bald wurde es völlig still um mich. Ich setzte mich auf, kroch herum und tastete nach meinen Hosen und Schuhen, fand sie, zog sie an, stand auf und ging dann weiter aus dem Tunnel.

Es hatte aufgehört zu regnen, die Luft war kühler, und es duftete frisch nach Grün. Es begann hell zu werden, der Himmel war graublau, metallisch. Die Amseln sangen. Ich glaube, ich hörte auch eine Nachtigall, aber ich bin mir dessen nicht ganz sicher, habe noch nie eine Nachtigall in der Stadt gehört. Nachtigallen sind ja scheu, von Natur aus. Aber was die Zivilisation mit uns gemacht hat, kann sie vielleicht auch mit den Nachtigallen machen. Vielleicht sind jetzt sie an der Reihe, aus Büschen und von Bäumen gedrängt und mit der Wirklichkeit konfrontiert zu werden. Sich nicht mehr zu verstecken, nicht mehr ihre Zuflucht in der Natur zu suchen. Anzufangen, Verantwortung für den Bereich zu übernehmen, in dem sie sich aufhalten. Soziale Wesen zu werden: zu kommunizieren, zu kämpfen und Angst vor dem Tod und voreinander zu haben. Anzufangen, einander zu töten.

Ich hinkte nach Hause. Ich fühlte mich zerschlagen, der Rücken tat mir weh, auch Schenkel, Unterleib, Arme, Schultern, Nacken und Kiefer. Ich war naß und schmutzig und roch schlecht. Ich roch nach Ausscheidungen, meinen eigenen und denen anderer.

Als ich nach Hause gekommen war und mich alle Treppen rauf und in die Wohnung geschleppt hatte, standen die Katzenjungen im Flur, die Schwänze hoch aufgerichtet, und warteten auf mich. Sie miauten zur Begrüßung, stolzierten um mich herum, schnurrten laut. Ich setzte mich auf den Flurboden, streichelte sie beide, eine mit jeder Hand, redete mit ihnen. Sanfte Stimme, keine besonderen Worte, nur Reden. Nur Stimme. Sie rieben sich an mir, kletterten auf mich, schnupperten an mir, lange und irgendwie nachdenklich angesichts der fremden Gerüche, die ich mit nach Hause gebracht hatte.

Ich fütterte die Katzen, machte ihren Sandkasten sauber, zog mich aus und warf die Sachen in die Wäsche. Dann duschte ich lange, seifte mich mehrmals ein, sowohl mit Lactacyd als auch mit Teebaumölseife, duschte mit heißem Wasser, wusch mir das Haar, duschte wieder.

Als ich mich abgetrocknet, mit weichmachender, antiseptischer Salbe eingerieben und den Morgenrock angezogen hatte, ging ich in die Küche, machte mir eine Tasse Tee und ein paar belegte Brote. Die Katzen sprangen überall herum, jagten meine Zehen, hängten sich an den Saum des Morgenrocks, kletterten auf das Hackbrett und versuchten, die Butter von den Broten zu lecken. Ich sagte Pfui und Nein und hob sie wieder und wieder herunter, wurde aber nicht böse, sie sind so klein, erst zwölf Wochen alt. Ich bin froh, daß sie lebhaft sind, sehe es als ein Zeichen von Freiheit.

Sie folgten mir, als ich den Tee und die Brote mit ins Wohnzimmer nahm und den Fernseher anstellte. Ich landete mitten in einem Krimi aus den siebziger Jahren, Kojak oder Baretta, aber ich widmete den größten

Teil meiner Aufmerksamkeit den Katzen, die sich gegenseitig hin und her durchs Zimmer jagten, über das Parkett schlitterten, in die Yucca-Palme kletterten, Blumenerde auf den Teppichen verteilten und schließlich zu mir aufs Sofa sprangen, aber nur, um zu versuchen, mir den Käse von den Broten zu stibitzen, deshalb bekam ich nichts weiter mit, als daß die Geschichte in einer Großstadt spielte und daß jemand ermordet worden und der Mörder aufgespürt, gejagt und gefangen worden war.

Als der Krimi zu Ende war, ging ich ins Bett. Ich war sehr müde, schlief sofort ein und träumte, ich sei in ein kleines Holzhaus gezogen, hätte einen Garten, die Vögel sängen in den Bäumen und die Katzen liefen aus und ein durch ein Katzentürchen.

Ich rasiere mich nie mit Rasierklinge. Ich benutze ein Messer, dadurch fühle ich mich männlicher.

Ich tat das gerade an einem ganz alltäglichen Morgen – stand vor dem Spiegel im Badezimmer, Rasierschaum im Gesicht, das Messer durch den Schaum ziehend –, als Iris kam und sich in die Tür stellte. Sie balancierte auf der Schwelle, die Zeitung vor sich wie ein Schild. Hinter diesem Schild las sie vor:

»*Alle Männer sind präsumtive Vergewaltiger.*«

Ich rutschte mit dem Rasiermesser ab und schnitt mich in die Wange. »Verdammt«, fluchte ich.

»Was ist denn?« sagte sie und senkte die Zeitung.

»Ich hab mich geschnitten, zum Teufel!«

»Blutet es?« fragte sie.

»Klar blutet es!«

Das Blut rann die Wange hinunter, Reste von Schaum färbten sich rosa, sahen aus wie bonbonfarbene Sahne. Ich fluchte wieder und riß ein Stück Toilettenpapier ab, wischte. Spülte mit kaltem Wasser nach, riß noch mehr Toilettenpapier ab, knüllte es zu einem Ball zusammen, preßte den Ball mit einer Hand an die Wunde, während ich mit der anderen den Badezimmerschrank aufmachte und ein Pflaster herausholte.

»Du erträgst es wohl nicht, die Wahrheit zu hören«, sagte Iris.

»Welche Wahrheit?«

»Die, die ich eben gesagt habe.«

»Die du eben *vorgelesen hast*, meinst du wohl? Wer hat das gesagt?«

»Das spielt doch wohl keine Rolle?«

Ich hatte jetzt das Pflaster angeklebt und rasierte mich weiter. Ich sagte nichts. Ich hatte nichts zu sagen. Sie ging.

Als ich in die Küche kam, hatte sie die Zeitung an meinem Platz auf den Tisch gelegt. Sie sah mich an, als ich mich setzte, nahm die Warmhaltekanne und schraubte den Deckel ab. »Kaffee?« sagte sie.

»Danke«, sagte ich, und sie schenkte mir ein. Ich füllte mit Milch auf, reckte mich nach Brot, Butter, Käse und Marmelade. Strich ein Butterbrot.

»Gut geschlafen heut nacht?« fragte sie.

»Ich hab geträumt, ich hätte mich verirrt«, antwortete ich.

»Und wo?«

»Ich weiß nicht, ich hatte mich ja verirrt, wie gesagt.«

»Hast du dich wieder zurechtgefunden?«

»Nee, ich bin aufgewacht.«

»Auch ein Ausweg«, sagte sie. »Vielleicht gar nicht so dumm.«

Hörte ich einen Unterton von Ironie? Ich beschloß, nicht zu fragen, was sie meinte, das war meistens am besten so. »Und du?« fragte ich statt dessen. »Hast du gut geschlafen?«

»Sicher. Jedenfalls keine Alpträume.«

Wir aßen unter Schweigen. Hinter mir tickte die Wanduhr. Ich warf einen Blick auf die Titelseite der Zeitung. Da stand nichts von Vergewaltigern. Dann war es auf jeden Fall keine große Nachricht. Es stand überhaupt nichts Besonderes auf der Titelseite, nur das Übliche: Arbeitslosigkeit. Kostendämpfungspolitik. Der Markt hier und der Markt da. Hinrichtungen in China. Krieg in irgendeinem afrikanischen Land. Das Wetter: Warnung vor Schnee und Glätte.

Ich las. Aß mein Brot. Trank meinen Kaffee. Die Uhr tickte.

»Weißt du, wann wir das letzte Mal Sex hatten?« fragte Iris plötzlich.

»Was?«

»Du hast mich verstanden.«

Ich dachte nach.

»Nein«, sagte ich, als ich nachgedacht hatte. »Ich weiß nicht, wann wir das letzte Mal Sex hatten. Ich weiß es nicht mehr. Wieso? Glaubst du, du bist schwanger? In deinem Alter?«

»Was hast du gegen mein Alter?«

»Ich hab nichts gegen dein Alter, Liebes«, sagte ich. »Es ist jedoch nicht ganz normal, daß Frauen von achtundvierzig schwanger werden, oder?«

»Ich glaube nicht, daß ich schwanger bin«, sagte sie. »Wie könnte ich?«

Ich antwortete nicht.

»Es ist über sieben Monate her, daß wir miteinander geschlafen haben«, sagte sie.

»So lange?« sagte ich.

»So lange«, sagte sie, und ihr Ton klang jetzt nur konstatierend, nicht vorwurfsvoll.

Doch der Vorwurf war da, er hielt sich nur zwischen ihren Worten verborgen und wurde sichtbar in der Stille, die dann folgte. Sie sah mich an. Ich sah zurück, sagte aber nichts, hatte nichts zu sagen. Zu meiner Verteidigung. Sie wandte den Blick ab von mir weg, guckte auf die Wanduhr hinter mir.

»O je!« sagte sie. »Wir müssen uns beeilen.«

Wir standen auf, schoben die Stühle unter den Tisch und stellten die Butter, den Käse und die Milch in den Kühlschrank. Den Rest ließen wir für Kim und Renée stehen.

Wir haben jeder ein Auto, und normalerweise fährt jeder in seinem Auto zu seinem Arbeitsplatz in der Stadt. Aber ihr Auto war nach einem kleineren Unfall zur Reparatur, Kim hatte eine Übungsfahrt mit ihr gemacht. Kim war rückwärts gegen einen Laternenpfahl gefahren und hatte die Stoßstange verbogen, so daß die aussah wie ein säuerlich verzogener Mund. Jetzt war das Auto in der Werkstatt.

»Wann wird es fertig?« fragte ich, als wir beide in meinem Wagen saßen und unterwegs in die Stadt waren. Es regnete. Es waren zwei, drei Grad plus. Kein Schnee, keine Glätte. Die Zeitung hatte gelogen.

»Was?« sagte sie.

»Dein Auto«, sagte ich.

»Oh! Eigentlich heute. Gut, daß du gefragt hast. Sonst hätte ich es vergessen.«

»Dann brauche ich dich mit anderen Worten heute abend nicht abzuholen?« sagte ich.

»Nein«, antwortete sie. »Das brauchst du nicht. Mit anderen Worten.«

Jetzt klang sie wieder so. Ironisch. Ich guckte sie kurz an. Sie saß da, völlig entspannt, und guckte aus dem Fenster. Nach vorne. Hocherhobenen Hauptes. Selbstverständlich, frisch und untadelig. Diesmal konnte ich nicht anders als fragen: »Was meinst du?«

Sie wandte sich eilig mir zu, sah erstaunt aus. »Was meinst?« sagte sie.

»Mit *mit anderen Worten*?« sagte ich und bereute

es sofort, ich hätte nicht fragen sollen.

»Das hast du doch gesagt«, sagte sie. »*Dann brauche ich dich mit anderen Worten heute abend nicht abzuholen.* Genau das hast du gesagt, im Wortlaut. Hast du das schon vergessen?«

Ich seufzte. »Natürlich nicht«, sagte ich.

»Na also«, sagte sie. Sie klang zufrieden.

Ich bog in eine Querstraße ein, quetschte mich im Morgenverkehr durch die Gassen. Es hatte aufgehört zu regnen, ich stellte die Scheibenwischer ab. Rasch waren wir bei ihrem Arbeitsplatz. Ich bremste und hielt an, schaltete in den Leerlauf, ließ den Motor an, während sie aus dem Auto stieg und wir Tschüs! und Bis heute abend! sagten. Sie schlug die Autotür zu, und ich fuhr weiter.

Im Nachschlagewerk Lilla Focus von 1984 steht, Iris sei der griechischen Mythologie zufolge die Personifikation des Regenbogens. Es ist aber auch ein anderer Name für die Regenbogenhaut des Auges, die Haut, wo die Augenfarbe sitzt: Braun, Grün, Blau oder Grau. Als eine dritte Alternative weist Lilla Focus auf ein anderes Stichwort hin: Schwertlilien. Und unter dem Stichwort Schwertlilien erfährt man, daß es nahezu 200 Arten aus der Familie gewöhnlich hochgewachsener Lilien mit schwertähnlichen Blättern gibt. Es gibt eine gelbe Schwertlilie, die im Wasser an den Ufern in Süd- und Mittelschweden wächst. Und es gibt kultivierte Formen, meistens blau. Diese Art nennt man Iris.

Früher einmal versuchte Iris, mir das Tanzen beizubringen. Das war Mitte der sechziger Jahre, und es war unmodern geworden, einander zu umfassen, wenn man tanzte. Jetzt sollte jeder für sich allein dastehen und sich schütteln und winden und den Takt stampfen. Es war während der Studienzeit in Lund, Iris und ich gehörten zur selben Verbindung, waren bis dahin nur oberflächlich miteinander bekannt gewesen und gelegentlich miteinander ins Gespräch gekommen bei den unzähligen Festen und anderen Zusammenkünften, die die Verbindung veranstaltete und die wir beide fleißig besuchten.

Auf einem dieser Feste war Iris, die übrigens Psychologie studierte, meine Tischdame. Zwischen Hauptgericht und Nachspeise erzählte sie, sie habe in einer neuen Untersuchung gelesen, alle Männer litten, oder *hätten* gelitten, an mindestens einem der vier folgenden Defekte: Stottern, Wortblindheit, Farbenblindheit und Mangel an Raumgefühl. Sie beendete ihren kleinen Bericht mit der Frage: »Zu welcher Kategorie gehörst du?«

»Soll das für Männer typisch sein?« sagte ich.

»Ja, in der Tat«, antwortete sie, und jetzt bewegte sir ihre Oberlippe ein klein wenig, ein kaum merkbares Zucken, eher ein Beben. Ich hörte den Rest ihrer Antwort nicht, sah nur auf ihre Lippe, wartete darauf, daß es dort wieder zucken würde. Und das tat es noch einmal, gerade als sie die Antwort auf meine Frage beendete.

»Na?« sagte sie und wiederholte: »Zu welcher Kategorie gehörst du, Georg?«

»Was? Tja ... Nee, da glaub ich wohl nicht dran«, sagte ich.

»Nein?« sagte sie, und nun kam der Nachtisch, Kaffee und Kognak, Likör. Wir setzten unser Gespräch fort, und das Essen ging zu Ende, und während die Tische abgedeckt und weggetragen wurden, um Platz für den Tanz zu machen, nahmen wir einen Drink an der Bar. Und zu diesem Zeitpunkt war es ihr auf merkwürdige Weise beinah gelungen, mich von der Verläßlichkeit dieser Untersuchung zu überzeugen.

»Aber weiß man, woran das liegt?« fragte ich.

»Rigidität, vermutlich«, antwortete sie. »Unflexibles Denken.«

»Nja ...« Ich schwankte wieder. »Es fällt mir schon ein bißchen schwer zu glauben, daß zum Beispiel Wortblindheit auf Rigidität beruhen soll.«

»So? Und warum?« sagte Iris, und dann machte sie es wieder, dieses kaum Merkbare mit der Oberlippe, und ich begriff jetzt, daß sie mit mir flirtete, und ich war ziemlich beeindruckt von der subtilen Art, mit der sie das machte. Und geschmeichelt. Ich lächelte. Und beantwortete ihre Frage: »Weil dann neunzig Prozent aller Frauen Lese- und Schreibschwierigkeiten hätten, und das ist ja nicht der Fall, oder?«

»Oh, das ist das Dreisteste, was ich je gehört habe«, sagte Iris und holte tief Luft, vermutlich, um noch etwas zu sagen, aber in diesem Augenblick begann der Tanz – es war ein Wiener Walzer, denn den Traditionen und Ritualen unserer Verbindung gemäß eröffnete jeden Tanz ein Wiener Walzer –, und Iris unterbrach sich, stellte sich vor mich hin, von Angesicht zu Angesicht, und sah mich an. Auffordernd. Und ich wußte sehr wohl und hatte absolut nicht vergessen, daß denselben Traditionen gemäß dieser Wiener Walzer von Tischdame und Tischherr getanzt werden sollte, aber etwas in Iris' Verhalten mir gegenüber machte mich verlegen, geradezu verwirrt, und ich war völlig handlungsunfähig.

Aber sie legte den Kopf schief, lächelte und sagte: »Jetzt solltest du sagen *Darf ich bitten*, Georg.«

»Sicher«, sagte ich und nahm mich zusammen. »Natürlich. Darf ich bitten?«

»Danke«, sagte sie, und ich führte sie zur Tanzfläche, und wir tanzten Walzer, und ich zählte leise vor mich hin: »Eins-zwei-drei, eins-zwei-drei«, so wie ich es als Junge auf einem Tanzkurs gelernt und seitdem gemacht habe, um nicht den Takt und die Kontrolle zu verlieren.

Als der Walzer zu Ende war, fing die Popmusik an, und da der Brauch es auch verlangte, daß man mit jedem Tanzpartner zwei Tänze tanzte, machten Iris und ich so weiter wie bisher. Das heißt: Ich wollte so weitermachen wie bisher, mit einem Arm um ihre Taille und mit dem anderen ihre Hand in die Luft haltend, und sie im Foxtrott herumführen. Doch Iris glitt aus meinem Griff und zog sich von mir zurück, und dann fing sie an, für sich allein zu tanzen. Und ich, ich stand nur da, und die Ronettes verlangten »*Be my, be my baby*«. Und Iris forderte: »Komm schon, Georg!« Und ich versuchte es. Versuchte, es zu machen wie sie und wie die anderen Tanzenden mich im Takt zu schütteln und in die Knie zu gehen. Aber ich wußte nicht, wie ich jetzt zählen sollte, um den Takt zu halten, also schlenkerte ich auf gut Glück mit Armen und Beinen, und da genau kam sie dahinter. Sie kam dahinter, zu welcher Kategorie ich gehörte.

»Du bist ja *total* umrhythmisch!« triumphierte sie, als wir wieder mit unseren Drinks an der Bar standen, und ich wollte mich gerade so höflich wie möglich bedanken und mir für den Rest des Abends andere Gesellschaft suchen, als sie hinzufügte: »Komm morgen zu mir nach Hause. Dann bring ich dir Tanzen bei«, und mit etwas leiserer Stimme: »Du wirst sehen, es ist nur eine Frage der Entspannung. Und der Einfühlung«, und dann machte sie es wieder, machte das da mit der Oberlippe, und ich sagte: »Ich komme.«

Iris wohnte noch zu Hause. An diesem Abend waren ihre Eltern weg. Im Wohnzimmer stand ein Plattenspieler. Sie legte eine Platte auf den Plattenteller, ließ den Tonarm herunter. Es waren die Beatles, »*Twist and Shout*«. Es war laut.

»Jetzt fangen wir an!« rief Iris, um die Platte zu übertönen, und dann fing sie an zu twisten. »Beug die Knie, Georg. Und *mit den Hüften pendeln*!«

Ich beugte und pendelte.

»Und beweg dich zur Seite!« instruierte sie. »Gut! Und jetzt die andere Richtung!«

Ich bewegte mich zur Seite. Erst in die eine Richtung, dann in die andere.

»Stell dir vor, du machst mit den Füßen Zickzackmuster!« schrie Iris. »Aber im Takt! Hör auf die Musik, Georg, du mußt *zuhören*! Laß die Musik *rein*! Laß dich vom Rhythmus *tragen*! Nein, guck mich an! Mach's wie ich!«

Ich machte es wie sie. Pendelte, wenn sie pendelte, machte kehrt, wenn sie kehrtmachte. Sie lachte. Ich schwitzte. Ich fühlte mich wie ein Idiot. Ich verabscheute es, mich so zu fühlen. Als der Schwächere. Es machte mich verzweifelt, ließ mich in Panik handeln, und sobald die Platte zu Ende war, machte ich einen Schritt – ja, nahezu einen Satz – nach vorn und umfaßte ihre Taille, zog sie an mich, hielt sie hart an meinen Körper gepreßt und küßte sie mit der größten

Phrenesie, die ich aufbringen konnte, um ihr die Luft zu nehmen, um sie zum Schweigen zu bringen.

Iris lud mich weiter ein, wenn ihre Eltern aus oder verreist waren. Sie hatte immer einen praktischen Vorwand. Mir Twist- und Shaketanzen beizubringen war nur der erste in einer langen Reihe.

Nach und nach fing sie an, sich zu mir einzuladen. Nach wie vor unter einem praktischen Vorwand. Sehr oft ging es um etwas, das sie mir absolut zeigen mußte, etwas, wovon sie wußte, daß sie damit meine Aufmerksamkeit fesseln konnte: Preislisten über billige Studentenreisen zu Skiorten in den Alpen, Platten von Lars Gullin und Stan Getz, Artikel über das Rechtswesen in Bolivien und Paraguay. Sie merkte sich meine Interessen genau, und schließlich wußte sie besser als ich selbst, was ich in der Freizeit gern tat, was ich am liebsten aß und trank und wer meine Lieblingsschriftsteller und Lieblingskünstler waren. Sie war äußerst leicht zu durchschauen, nicht weil sie eigentlich überdeutlich gewesen wäre, sondern weil die Strategie selbst so bekannt ist, daß es unmöglich war, sie hinter ihren Handlungen nicht zu erkennen. Sie machte mir ganz einfach den Hof. Auf weibliche Weise, defensiv. Man kann sagen, sie gab Signale, und ich fing die Signale auf, deutete sie und schritt zur Tat. Offensiv. Das war nicht schwer. Aber langweilig. Es war langweilig, mit ihr nach Chamonix zu fahren, langweilig in Zell am See, langweilig im Kino, im Konzert, in Kunstausstellungen et cetera.

Ich war mit anderen Worten von Anfang an gelangweilt. Sie zeigte mir ihr Interesse, und mir fiel nichts anderes ein, als ihr Interesse zu erwidern. Es war reine

Höflichkeit. Nach und nach hielt ich um sie an, aus reiner Höflichkeit.

Als ich Iris bei ihrer Arbeit abgesetzt hatte, fuhr ich weiter zum Büro. Es wurde ein arbeitssamer Tag. Ungewöhnlich viel zu tun. Mehrere meiner Angestellten waren krank, Opfer einer Grippeepidemie – es war die Jahreszeit –, und ich übernahm einige ihrer Aufgaben. Ich habe nichts dagegen, diese oft monotonen und mechanischen Tätigkeiten auszuführen. Ich kann selbstverständlich nicht behaupten, daß mir das Spaß macht, aber ich meine, ich lerne mein Personal besser kennen, wenn ich die Firma von ihrer Warte aus sehe. Es ist nützlich für mich und macht mich hoffentlich zu einem besseren Chef.

Ich arbeitete die Mittagspause über, wies meine Sekretärin an, nur die eiligsten Anrufe durchzustellen, sagte einen nicht besonders wichtigen Termin ab. Arbeitete weiter. Und gegen drei Uhr nachmittags schien die Lage unter Kontrolle zu sein. Da ging ich in den Frühstücksraum, machte mir ein belegtes Brot und nahm es zusammen mit einer Tasse Kaffee mit zurück in mein Zimmer. Aß und trank. Zündete mir dann eine Zigarette an. Wählte Scillas Nummer.

Sie klang schläfrig, wie eben aufgewacht.

»Störe ich?« sagte ich.

»Nein, du störst nicht. Du störst nie. Ist einfach schön, deine Stimme zu hören.«

Mir wurde ganz warm davon, so begrüßt zu werden. Ich fragte, wie es ihr ging, wie sie sich fühlte.

»Gut«, antwortete sie. »Aber es ist schade, daß wir uns nicht mehr treffen können, du und ich. Du fehlst mir.«

Mir wurde noch wärmer. Ich war beinah glücklich.

»Schön, das von dir zu hören«, sagte ich.

»Schön? Inwiefern?« Ihre Stimme war spielerisch, zärtlich.

»Du ahnst ja nicht ...« begann ich, unterbrach mich aber.

»Was denn?« sagte sie. »Was ahne ich nicht?«

»Du ahnst nicht, in was für einer Kälte ich lebe«, fuhr ich fort. »Du ahnst nicht, wie schön es ist, von jemand die Worte zu hören: *Du fehlst mir.*«

»*Jemand?*« sagte sie.

Plötzlich wurde ich unsicher. Was hatte ich gesagt?

»Ja, ich meine ...« sagte ich. »Jemand, eine Frau. Eine Frau sagen zu hören, daß ich ihr fehle.«

»Das ist schön für dich?« sagte Scilla.

»Ja. Mir wird warm davon«, erklärte ich. »Ich hab das Gefühl, ich bin irgendwie aufgehoben. Angenommen. Mir ist verziehen.«

»Aha«, sagte sie.

»Ist was dagegen einzuwenden?« sagte ich.

»Nein, nein, absolut nicht. Es ist nur ... Tja, ich hab geglaubt – in meiner Einfalt –, du findest es schön, *mich* sagen zu hören, daß du mir fehlst.«

»Aber ich hab es ja *dich* sagen hören«, sagte ich. »Und du bist ja eine Frau.«

Ich machte eine Pause, trank den Kaffee aus, rauchte die Zigarette. Scilla sagte nichts.

»Weißt du, was meine Frau heut morgen zu mir gesagt hat?« fuhr ich fort. »Sie hat gesagt, alle Männer sind präsumtive Vergewaltiger. Irgendeine Äußerung, die sie in der Zeitung gelesen hat. Und sofort zu ihrer eigenen gemacht hat. Sie! Sie läßt mich nicht mal in ihre Nähe. Wäre ich ein präsumtiver Vergewaltiger, hätte ich sie längst vergewaltigt. Wir hatten keinen Sex seit mehr als sieben Monaten.«

»*Du* hast«, sagte Scilla. »Du hattest Sex mit mir.«

»Ja, ja, aber nicht mit ihr. Kannst du dir das vorstellen? Was ist das für eine Scheißehe?«

Scilla antwortete nicht.

»Und was hältst du von dieser Behauptung?« sagte ich. »Daß alle Männer präsumtive Vergewaltiger sind?«

»Tja ...« sagte sie. »Das ist wohl nicht ganz gerecht. Außerdem gäbe es einen Subtext und der wäre: Frauen sind präsumtive Vergewaltigungsopfer. Wenn man das sagt, hat man ja das ganze Modell akzeptiert: Frauen als Opfer und Männer als Täter. Daß es in unserer jeweiligen Natur liegt, als biologisches Faktum.«

Ich guckte aus dem Fenster, runter auf die Straße, zu den Autos, Fahrrädern, Bussen, Menschen. Ein Mann im Mantel ging in das Reisebüro auf der anderen Straßenseite. Es hatte jetzt angefangen zu schneien, aber nur einzelne Flocken, die im Wind herumwirbelten. Sie landeten nicht, erreichten nie den Boden, zumindest nicht, soweit ich es sehen konnte. Der Mann kam aus dem Reisebüro. In der Hand hatte er etwas, das ich für einen Flugschein hielt. Er blieb auf dem Trottoir stehen, kontrollierte den Flugschein und steckte ihn mit einer Geste, die nach einem zufriedenen Seufzer aussah, in die Innentasche seines Mantels. Dann klappte er zum Schutz vor Wind und Schneeflocken den Kragen hoch und ging weiter. Gleich war er außer Sichtweite.

»Weißt du«, sagte ich zu Scilla. »Manchmal krieg ich Lust zu verreisen, von allem weg. Einfach zu verschwinden. Wie diese Ehemänner, die losgehen, um die Abendzeitung zu kaufen, und nie zurückkommen.«

Scilla sagte nichts, sie hörte nur zu. Ich lachte auf, fuhr fort: »Die Frauen von solchen Männern sagen immer, er würde nie absichtlich verschwinden, sie und die Kinder aus freiem Willen verlassen, er muß Opfer eines Verbrechens geworden sein.«

Ich machte eine Pause. Scilla am anderen Ende war noch immer still.

»Diese Frauen«, fuhr ich fort, »die glauben, sie kennen ihre Männer. Sie glauben, sie haben die Kontrolle. Über den Mann, den Ehegatten. Und in gewisser Beziehung haben sie das ja. Sie haben die Kontrolle über das Zuhause, über die Kinder. Stell dir das vor! Stell dir vor, was sie als Falle betrachten. Unsere Kinder. Und unser Zuhause. Es gibt nichts, wovor Frauen heute solche Angst haben wie davor, mit ihren eigenen Kindern in ihrem eigenen Zuhause ›hängenzubleiben‹. Während sich die Männer gleichzeitig in dem Zuhause, das auch das ihre ist, wie zufällige Besucher fühlen. Am Ende müssen sie ja fliehen – auf irgendeine Art und Weise.«

»Aber wo bleiben sie?« sagte Scilla. »Das hab ich mich immer gefragt. Wie leben sie dann, diese verschwundenen Männer mit ihren Abendzeitungen?«

Jetzt wurden wir von meiner Sekretärin unterbrochen, die auf der Sprechanlage sagte, ich hätte einen wichtigen Anruf von einem unserer größten Kunden.

»Wir müssen jetzt aufhören«, sagte ich zu Scilla, und dann sagten wir Tschüs! und Bis dann!, und sie legte auf, und ich nahm den anderen Anruf an.

Als ich Scilla zum ersten Mal traf, fuhren wir zu ihr nach Hause und schliefen miteinander, das war alles. Ich wußte nichts von ihr, außer ihrer Adresse, sie wußte nichts von mir, außer welche Automarke ich fahre.

Beim zweiten Mal stellten wir uns einander vor.

»Georg«, sagte ich.

»Scilla«, sagte sie.

Ich bekam Todesangst. Was um alles in der Welt bedeutet das? dachte ich. Was stimmt bei mir nicht? Scilla ist nämlich der lateinische Name für Blaustern, ebenfalls eine Art Liliengewächs, jedoch nicht mit schwertähnlichen Blättern, sondern mit sternförmigen Blüten, die in Trauben wachsen. Der Blaustern ist eine Zierpflanze. Sie blüht im Frühjahr und entwickelt nur ein Herzblatt. Alles laut Lilla Focus von 1984.

Aber das kann doch nicht an mir liegen? Ich meine, es kann doch nicht mein Fehler sein, daß diese beiden Frauen Blumennamen tragen? Nicht mein Fehler, daß Frauen mit Namen aus dem Pflanzenreich bedacht werden, als wären sie selbstverständlich farbenprächtig, wohlriechend, saftig und voller Chlorophyll. Als besäßen Frauen – und zwar nur Frauen – die Fähigkeit, sich zum Himmel emporzustrecken, ihre Gesichter der Sonne zuzuwenden und Sauerstoff und Zucker zu produzieren, die lebensnotwendigen Stoffe, ohne die unsere Erde nicht existieren kann. Es kann nicht mein Fehler sein, ebensowenig wie es mein Fehler ist, daß Männer, kleine Jungen, nach Raubtieren genannt werden – Björn, Ulf – oder gar nach dem Boden, nach einem Weg oder Gestein – Stig, Sten. Als wären Männer da, um mit Füßen getreten zu werden – oder um zu jagen und zu töten und ihre Beute in Stücke zu reißen und gierig aufzufressen. Ich meine auch nicht, daß es umgekehrt sein sollte, nicht grundsätzlich. Aber ist es nicht so, daß manche Männer farbenprächtig und wohlriechend sind? Ist es nicht so, daß es manchen Männern tatsächlich gelingt, Stoffe zu produzieren, ohne die unsere Erde nicht existieren kann? Ist es nicht so, daß manche Frauen ihre Beute in Stücke reißen und sie mit Haut und Haar verschlingen? Und ist es nicht so, daß manche Frauen wie dazu geschaffen scheinen, mit Füßen getreten zu werden? Daß manche Frauen es praktisch erwarten – daß sie mit Füßen getreten werden?

Ich sage nicht »es verdienen«, ich sage »es erwarten«. Es ist ein Unterschied zwischen verdienen und erwarten. Und es ist nicht mein Fehler. Nichts von alledem ist mein Fehler. Ich habe nie jemanden in Stücke gerissen, nie jemanden mit Füßen getreten. Nie vergewaltigt. Und ich habe nie jemanden nach Flora oder Fauna oder nach dem harten, toten Boden benannt. Ich habe den Frauen in meinem Leben keine Namen gegeben, außer meinen Töchtern natürlich, die bekamen ihre Namen von mir und Iris, und für sie wählten wir keine Blumennamen. Wir wählten geschlechtsneutrale Namen. Und ich habe weder Iris noch Scilla gewählt, nicht ihre Namen und auch nicht sie selbst. Sie waren es, die mich gewählt haben.

Als ich am Ende meines Arbeitstags auf die Straße kam, um nach Hause zu fahren, lag eine hauchdünne Schicht Schnee auf dem Auto. Sie sah aus wie ein durchsichtiger Schleier. Die Schneeflocken wirbelten noch immer herum, die Temperatur war auf knapp unter Null gesunken. Ich fegte den Schnee von den

Autoscheiben, setzte mich dann in das kalte Auto, startete, stellte die Heizung, das Gebläse und die Scheibenwischer an und fuhr durch den Berufsverkehr nach Hause. Es ging langsam, mit Unterbrechungen, aber es war schön, im Auto allein zu sein. Ich zündete mir eine Zigarette an, inhalierte tief, während ich langsam aus der Stadt hinauskroch.

Iris nahm gerade etwas aus dem Ofen, als ich über die Schwelle zur Küche trat. Wir sagten hallo zueinander, mehr nicht. Kim nahm mich in den Arm. Von Renée ein Kuß auf die Wange. Das machen sie oft so, begrüßen mich auf diese Weise. Mit Wärme und Zärtlichkeit. Ich frage mich immer, was sie im Grunde damit beabsichtigen, was das zugrundeliegende Motiv ist. Was sie von mir haben wollen. Aber ich bin sehr darauf bedacht, nicht zu zeigen, wie mißtrauisch ich bin, sondern erwidere ihre Zärtlichkeitsbekundungen immer, als wüßte ich nichts von ihren Hintergedanken.

Wir setzten uns alle vier an dem Tisch und aßen.

»Gut«, sagte ich zu Iris. »Wirklich sehr gut.«

Das sage ich immer, wenn sie das Essen gemacht hat. Ich bin immer bestrebt, sie zu loben. Ihr so viel Aufmerksamkeit zu erweisen, wie ich kann. Ich bin immer bestrebt, ihr zu geben, was ich geben kann.

»Danke«, sagte sie.

Als wir fertig gegessen hatten, ging Renée rauf in ihr Zimmer. Kim ging aus, um ihre Freunde zu treffen. Ich fing an abzuwaschen. Iris ging ins Wohnzimmer und stellte den Fernseher an.

Jeder von uns hatte seinen Fernseher. In verschiedenen Zimmern. Wir interessieren uns nämlich in der

Regel für völlig verschiedene Dinge. Ich mag Spiel- und bestimmte Dokumentarfilme, während Iris Sendungen wie Guten Abend und Exklusiv vorzieht: Talkshows, Diskussionssendungen. Die einzigen Diskussionssendungen, die mich interessieren, sind die Duelle von Parteichefs vor einer Wahl, wenn alles auf die Spitze getrieben ist und die Gefühle gewissermaßen durch den Fernsehschirm wogen. Diese Debatten sind mindestens ebenso spannend wie zum Beispiel Endspiele bei der Eishockey-WM, und dafür rüsten wir uns mit Chips, Erdnüssen und Bier, Iris und ich. Man kann fast sagen, daß das einzige, was wir gemeinsam haben, außer den Mädchen natürlich, Parteichefdebatten und Wahlnächte sind. Iris interessiert sich nicht die Spur für Eishockey. Und ich eigentlich auch nicht, aber mir gefallen die Endspiele.

Als ich abgewaschen hatte, ging ich runter in den Hobbyraum, wo mein Fernseher steht. Ich sah einen Film, von dem mir jemand erzählt hatte, sicher Scilla. »Die Reisen des Mr. Leary« mit William Hurt in der Hauptrolle. Er handelt von einem Mann, der Reise-Handbücher schreibt, obwohl er Reisen verabscheut. Er hat seinen Sohn verloren, und seine Frau hat ihn verlassen. Jetzt hat er nur noch seinen unerzogenen Hund. Für ihn engagiert er eine Hundedresseurin, gespielt von Geena Davis.

Während einer Werbeunterbrechung ging ich rauf in die Küche, um mir eine Tasse Tee zu kochen. Und als ich da stand und in die Kasserolle auf dem Herd guckte und das Wasser betrachtete, dessen Beweglichkeit zunahm, je wärmer es wurde und langsam dem Siedepunkt entgegentrieb, hörte ich plötzlich aus Iris' Fernseher im Wohnzimmer Hundegebell. Dann William

Hurts tonlose und gleichgültige, nahezu apathische Stimme. Ich machte schnell meinen Tee, ging eilig zurück zum Hobbyraum, schloß die Tür hinter mir und stellte den Ton des Fernsehers so leise, daß das nächste Hundegebell wie ein Flüstern klang.

Mit war nicht wohl zumute. Wir sollten den Film zusammen sehen, dachte ich. Ich sollte zu ihr raufgehen und mich neben sie aufs Sofa setzen und sagen, warum jeder für sich sitzen und warum kostbare Energie verschwenden? Wenn wir sowieso denselben Kanal gucken. Aber ich tat es nicht, ich blieb im Hobbyraum. Trank meinen Tee. Rauchte eine Zigarette nach der anderen und starrte stur auf den Fernsehschirm.

Sonst weiß ich nichts mehr von dem Film

Bevor ich mich zu Bett legte, ging ich ins Badezimmer. Ich stutzte vor Erstaunen, als ich das Bild meines Gesichtes im Spiegel sah. Ich hatte vergessen, daß ich ein Pflaster auf der Wange hatte. Es war inzwischen wie ein Teil von mir, wie ein Rechteck aus doppelter Haut. Das Pflaster war aus sogenanntem Ultraplastik. Besonders elastisch. Verträgt Wasser. Atmet. Ich zog es ab. Es war festgeklebt, hinterließ eine klebrige Schicht. Ich wusch mich, versuchte, das Klebrige abzuseifen und wegzureiben, mit geringem Erfolg, denn als ich mir das Gesicht abtrocknete, blieben weiße Frotteefussel an der Wange hängen.

Iris lag schon im Bett, als ich ins Schlafzimmer kam. Sie lag auf der Seite, mit dem Rücken zu meiner Betthälfte. Die Lampe auf ihrem Nachttisch brannte noch. Ich kroch zwischen die Laken. Lag dann da und dachte, sie sollte auf dem Rücken liegen. Und ich sollte obendrauf liegen und ihn reinstecken. Ich dachte, ich sollte mich ein bißchen mehr anstrengen und sie zumindest umdrehen und angucken, an ihr riechen, das Nachthemd hochheben, um zu sehen, was darunter war.

Ich nahm mich zusammen, griff nach ihrem Körper, drehte sie auf den Rücken, vorsichtig, damit sie nicht böse wurde. Sie war schon im Halbschlaf.

»Was machst du ...?« murmelte sie.

»Ich drehe dich um«, flüsterte ich. »Schsch, lieg still. Ich will dich angucken.«

Ich hob vorsichtig das Nachthemd, und sie war nackt darunter. Ich setzte mich halb auf und guckte auf das haarige, lockige Etwas, das da von ihrem Bauch und ihren Schenkeln eingerahmt war.

»Schön ...« hauchte ich. »Schön ... Und so weich.«

Ich beugte mich hinunter und bohrte die Nase in das Weiche, Schöne. Roch an ihr. Sie roch so, wie sie immer roch. Überhaupt nicht wie Scilla. Scilla hatte einen ganz anderen Duft, etwas, was mich gewundert hatte, als ich das erste Mal mit ihr zusammen war. Ich hatte immer geglaubt, daß das Geschlecht bei allen Frauen gleich rieche. Iris wimmerte jetzt ein wenig, ich begriff, daß sie wach war.

»Spreiz die Beine«, sagte ich.

»Ich bin müde ...« murmelte sie. Dann sagte sie noch etwas, ich hörte nicht, was, es war, als ob ihre Stimme versagte.

»Spreiz sie ...« bat ich. »Bitte ...«

Bald lag ich zusammengekauert zwischen ihren Schenkeln, das Gesicht in ihrem Schoß. Ich leckte. Sie wurde naß. Dann bearbeitete ich ihre Klitoris mit der Zungenspitze. Die schwoll an, wurde fest und glatt. Doch Iris rutschte weg, räusperte sich. »Du«, sagte sie.

»Im Gefrierschrank ist Eis, wenn du an etwas lecken möchtest.«

Langsam, langsam richtete ich mich zum Sitzen auf. Iris schob sofort das Nachthemd herunter und zog sich die Decke bis ans Kinn.

»Gute Nacht«, sagte sie, machte ihre Lampe aus und drehte mir den Rücken zu.

Ich legte mich auf meine Hälfte des Bettes. Machte meine Lampe aus. Das Zimmer wurde dunkel. Ich sagte nichts. »Was habe ich falsch gemacht?« fragte ich in das Dunkel.

Ich bekam keine Antwort.

Etwas von Bestand

Heute nacht habe ich wieder von dem Holzhaus geträumt. Es war größer geworden, hatte ein großes Schlafzimmer mit Doppelbett und mehreren Kleiderschränken. Es war Abend, als ich dort hinkam. Dunkel draußen. Das Licht im Haus war warmes Gelb. Aber aus irgendeinem Grund entschloß ich mich, draußen zu schlafen, unter freiem Himmel.

Es gab eine Laube im Garten. Ein paar Büsche, die Wände bildeten, und dann einen großen Baum. In der Laube stand eine Bank, und ich legte mich auf die Bank und guckte rauf zur Baumkrone und zum Nachthimmel. Es war dunkel und still.

Als ich eine Weile dort gelegen hatte und kurz vor dem Einschlafen war, kamen Vögel aus dem Dunkel geflogen. Kleine, schnelle Vögel, schneller als der Schall. Sie flogen niedrig, in Formation, wie Kampfflugzeuge. Sie fegten über meinen Körper, und ich spürte den Windzug von ihren Flügelschlägen und die eine oder andere Flügelspitze, die mein Gesicht kratzte. Dann stiegen die Vögel, flogen auf in den Baum, verschwanden im Astwerk, und erst da, als sie nicht mehr zu sehen waren, kam das Geräusch ihrer Flügelschläge: ein giftiges Flattern, das eilig aufstieg und dem Schwarm in die Baumkrone folgte, mit den Schatten und dem Dunkel eins wurde. Es wurde wieder still. Die Äste des Baums wiegten sich sachte über mir, und zwischen ihnen blinkten die Sterne. Dann kamen die Wildkatzen. Die großen, schwarzen Katzen mit ihrem grausamen Lächeln und ihren aufgesperrten, phosphoreszierenden Augen. Sie fielen mich an und bissen mich in Finger und Zehen. Sie krallten sich fest an meinen Armen und Beinen. Sie liefen über meinen Körper, setzten die Pfoten in meine Leisten, in meinen Bauch, auf meinen Brustkorb, in die Halsgrube. Sie liefen über mein Gesicht, rissen mich am Haar und bissen mich in den Haaransatz. Und da wachte ich auf, weil meine richtigen Katzen, meine Katzenjungen, mir übers Gesicht liefen und mich in den Haaransatz bissen.

»Hört auf!« sagte ich, und sie hörten auf, standen aber aufrecht im Bett und guckten auf mich runter, nicht drohend, nicht mit wütenden, phosphoreszierenden Augen, nur einigermaßen schlecht gelaunt. Sie hatten Hunger.

Wir gingen alle drei in die Küche. Ich fütterte sie. Kochte für mich selbst Kaffee.

Meine Katzen waren nie im Freien. Sie sind Hauskatzen. Ich weiß, ich nehme ihnen etwas. Ich enthalte ihnen vor, was ich mir selbst vorenthalte, durch dieses Leben in dieser Wohnung in dieser Stadt.

Ich habe geglaubt, es würde mir besser gehen, wenn ich Katzen hier hätte. Ich habe geglaubt, ich würde ruhiger werden. Aber das Holzhaus in meinen Träumen wird immer größer und größer, und die Wildkatzen werden wilder und wilder.

Manche Hauskatzen-Besitzer pflegen sich zu verteidigen, indem sie über ihre Gefangenen sagen: »Sie wissen es nicht besser.« Als könnten wir wissen, was unsere Katzen nicht wissen. Als könnte jemand wissen, was jemand anderes nicht weiß. Man sagt, was man nicht weiß, macht einen nicht heiß. Ich halte das für falsch, ich glaube, was man nicht weiß, macht einen genauso heiß wie das, was man weiß. Ich glaube nämlich nicht, daß ein so großer Unterschied zwischen wissen und nicht wissen ist. Denn ob wir es nun kennen oder nicht, es ist ja da, eingebaut in unsere Körper: die Erinnerung an den Ursprung. Wir tragen alles mit uns: die Erinnerungen an den Beginn der Zeiten, die Erinnerungen an andere Leben. Wir tragen sie mit uns wie in einem Sack, und auch wenn wir diesen Sack Erbmasse oder Inkarnationen oder verschiedene Stadien in der Entwicklung unserer Art nennen – ob wir uns an alle Stadien und Inkarnationen erinnern oder nicht –, wir tragen sie mit uns, wohin wir auch gehen. Wir können nicht entlastet werden. Wir tragen unsere Last bis in Ewigkeit.

Früher hatte ich eine Menge Topfpflanzen statt der Katzen, die ich mir nicht leisten konnte. Ich hatte kein Geld für Katzenfutter und Katzenstreu, und ich hatte eine zu kleine Wohnung, nur eine Ein-Zimmer-Wohnung mit Küche. Katzen brauchen Platz zum Laufen, je mehr sie laufen können, desto weniger neurotisch werden sie.

Aber jetzt verdiene ich etwas mehr und habe mir eine größere Wohnung besorgen können. Und zwei Katzen. Deshalb brauche ich jetzt meine Topfpflanzen eigentlich nicht mehr. Aber ich habe einige von ihnen dennoch behalten, wegen der Katzen, damit sie etwas haben, worin sie herumklettern können. Etwas, das natürlich wirkt.

Eigentlich habe ich die Katzen statt des Kindes, das ich mir nicht leisten kann. Ich kann mir ein Kind nicht leisten, weil ich niemanden gefunden habe, der mich schwängern und dann mich und das Kind versorgen will. Ich müßte mich und mein Kind allein versorgen, wenn ich eines hätte. Und um mich versorgen zu können, muß ich manchmal von zu Hause weggehen und Geld für Essen und Miete verdienen. Deshalb sind Katzen geeigneter als Kinder. Katzen kann man ja ab und zu ein paar Stunden allein zu Hause lassen. Kleine Kinder sollte man nicht allein lassen, es sei denn, man überläßt sie einer Tagesstätte. Aber ich will mein Kind nicht einer Tagesstätte überlassen, ich will es bei mir zu Hause haben, wo ich wohne. Und würde ich trotzdem gezwungen, mein Kind einem anderen Erwachsenen zu überlassen, dann jemandem, der nicht eines Tages für immer aus meinem und dem Leben des Kindes verschwände, so wie es bei Tagesstättenpersonal der Fall ist, wenn das Kind zu alt wird. Ich würde das Kind einem Verwandten überlassen oder einem engen Freund. Verwandte und Freunde können zwar auch für immer verschwinden, aber nicht, weil das Kind zu alt geworden ist. Das Verschwinden nahestehender Personen hat andere Gründe.

Ich bin sehr gut darin, mich anzupassen. Ich strenge mich nicht extra an, es passiert automatisch, oft unbewußt. Ich passe mich an alle und alles an: die Situation oder die Umgebung oder die Gruppe oder den Chef. Ich bin sehr sensibel für Stimmungen, und wenn ich die Stimmung nicht als so bedrohlich empfinde, daß ich sofort flüchten muß, passe ich mich ihr an. Ist sie lustig, befleißige ich mich selbst eines leichten Tons. Ist die Stimmung ernst, senke ich automatisch die Stimmlage. Bin ich unter Menschen aus der Arbeiterklasse, dann spreche ich, wie sie es tun. Bin ich unter Mittelklassenmenschen, dann spreche ich wie sie. Unter Künstlern drücke ich mich künstlerisch aus, unter Intellektuellen intellektuell, unter Frauen drücke ich mich feministisch aus, unter Männern feminin. Es ist nicht so, daß ich mit anderen Menschen immer übereinstimme. Ich bin kein Ja-Sager – tatsächlich stimme ich selten mit jemand über etwas überein –, aber ich falle gewissermaßen in den Ton ein, sobald ich die Tonart erkenne. Es ist wie eine Art Camouflage. Ich glaube, es handelt sich um Reste eines ererbten, ursprünglichen Verteidigungsmechanismus.

Der Vorteil dieser Anpassung ist, daß es mir erspart bleibt, als Abweichler zu gelten. Ich werde nicht schikaniert und diskriminiert, verfolgt und vernichtet.

Der Nachteil dieser Camouflage ist, daß alle glauben, ich sei auf ihrer Seite, während ich tatsächlich auf niemandes Seite bin. Der Nachteil ist, daß alle glauben, ich sei wie sie. Aber ich bin wie niemand.

Der Nachteil ist, daß alle glauben, ich sei sympathisch, und das ist es, was am schlimmsten ist: daß kein Mensch darauf hört, was ich sage, sondern darauf wie ich spreche, genau wie bei Tieren. Wenn man »Ekelhafter stinkender Köter« oder »Geliebter kleiner Wauwau« zu einem Hund sagt, ist das egal. Es ist der Tonfall, der entscheidet. Wenn man mit Tieren spricht, ist die Stimme wichtiger als die Worte. Weil Tiere mit dem Körper kommunizieren und weil die Stimme ein Teil des Körpers ist.

Aber die Menschen sind keine Tiere mehr. Die Menschen haben eine andere Art von Sprache entwickelt als die Körpersprache und verschiedene Wörter mit verschiedenen Bedeutungen und Nuancen erfunden, um die Wirklichkeit bis ins kleinste Detail beschreiben, um den Unterschied formulieren zu können zwischen Zeit und Raum und Jetzt und Damals und zwischen Du und Ich und Dein und Mein, damit wir einander unsere Gefühle mitteilen können. Aber zu welchem Zweck? Damit wir einander besser verstehen?

Es gibt Situationen, da gelingt es mir nicht, mich anderen Menschen anzupassen. Es gibt nämlich hin und wieder Menschen, an die man sich ganz einfach nicht anpassen kann. Menschen, die von keiner klar definierbaren Sorte sind, die keine erkennbare Tonart haben, keinen festen Rhythmus, dem man folgen kann. Menschen, die irgendwo zu hängen scheinen, wie in einem lebenslangen freien Fall. Oft habe ich den Eindruck, daß diese Menschen ganz und gar aus dem Takt sind, daß sie kein Rhythmusgefühl haben und daß dieser Mangel ein chronischer Zustand ist.

Manchmal aber wirkt es, als ob diese Individuen absolut nicht aus dem Takt sind. Als ob sie ganz einfach nur einen völlig eigenen Rhythmus haben, den niemand anders hat oder kennt. Als lebten sie in einer ganz eigenen Kultur, getrennt von allen anderen Kulturen. Es ist, als kämen sie aus einer anderen Welt, von einem anderen Planeten.

Ich weiß nicht, ob Georg aus dem Takt ist oder ob er von einem anderen Planeten kommt. Ich weiß nur, daß ich mich ihm nicht anpasse, daß ich es nicht kann. Es gibt nichts, woran man sich anpassen könnte. Er schwebt gewissermaßen, ist überall und nirgends. Wenn er jünger wäre, hätte ich ihn vielleicht meinen Freund genannt. Würden wir zusammenwohnen, vermutlich meinen Mann. Wenn er eine Frau wäre, hätte ich ihn meine Freundin genannt oder meine Frau. Hätten wir miteinander Kinder gehabt, hätte ich ihn den Vater meiner Kinder genannt. Zu meinen Katzen hat er keine Beziehung. Er ist nämlich allergisch und hat sie deshalb nicht kennengelernt. Die einzigen Katzen, die er verträgt, sind norwegische Waldkatzen, und meine sind ganz gewöhnliche europäische Kurzhaarkatzen.

Georg und ich sind uns zum ersten Mal im Café der Kunsthalle begegnet. Es war später Nachmittag, beinah Abend, und ich saß an einem Tisch für zwei, trank Tee und blätterte in einer Kunstzeitschrift, als er mit seinem Tablett kam.

»Ist hier frei?« fragte er, und bevor ich antworten konnte, stellte er das Tablett auf den Tisch.

»Jetzt nicht mehr«, sagte ich.

»Ausgezeichnet«, sagte er und schnappte sich den Stuhl gegenüber von mir, zog den Mantel aus, und bevor er ihn säuberlich zusammenlegte, fischte er aus der Innentasche eine Schachtel Zigaretten und ein Feuerzeug und legte beides in die obere Ecke des Tabletts. Dann setzte er sich, zog die Ärmel seines Pullovers hoch, nicht ganz bis zu den Ellenbogen. Dann nahm er die Brille ab, klappte sie zusammen und legte sie neben die Zigaretten und das Feuerzeug. Danach fing er an zu essen.

Ich war hingerissen. Ich fing an, Konversation zu machen. Fragte, ob die Scholle gut schmecke. Das, sagte er, tut sie und die Remouladensauce auch. Aber die Kartoffeln seien von einer zähen Haut mit filzartigem Geschmack bedeckt.

»Wie Haut auf warmer Schokolade«, sagte er.

Er aß weiter, und ich wußte nicht, was ich noch sagen sollte, deshalb sagte ich, was mir als erstes einfiel: »Hast du Kinder?«

»Zwei«, antwortete er. »Mädchen. Fast erwachsen. Und du?«

Ich schüttelte den Kopf. »Ich hab nur mich selbst«, sagte ich, denn damals hatte ich noch keine Katzen.

»Du Glückliche«, sagte er.

»Vielleicht«, sagte ich.

Er aß die Scholle auf, ließ aber die Kartoffeln stehen, und legte jetzt Messer und Gabel nebeneinander auf den Teller. Er nahm die Brille, setzte sie auf. Guckte mich an. Dann schüttelte er eine Zigarette aus der Schachtel. Zündete die Zigarette an. Inhalierte und blies Rauchwolken, und während er wieder runter auf den Teller sah und ein wenig an den Besteckstielen fingerte, sagte er: »Meine Familie ist verreist. Sie sind in den Alpen auf Skiurlaub.«

»Durftest du nicht mit?« fragte ich.

»Doch. Aber ich hatte keine Zeit. In der Firma zuviel zu tun. Aber jetzt ...« Er unterbrach sich.

»Aber jetzt fehlen sie dir?« vervollständigte ich.

»Nein, nein! Absolut nicht, eher im Gegenteil. Was ich sagen wollte, war, daß ich jetzt nicht mehr soviel zu tun habe. Ich hab die Arbeit aufgeholt. Da wollte ich vorschlagen, daß wir irgendwo hingehen, du und ich.«

»Und wo hingehen?«

»Ins Kino zum Beispiel. Ist lange her, daß ich im Kino war. Meine Frau hat nie Lust.«

Ich mußte einfach lachen. »Deine Frau hat nie Lust, das heißt, wenn sie verreist ist, nutzt du die Gelegenheit, ins Kino zu gehen!«

»Ja ...? Was ist damit? Hast du einen besseren Vorschlag?«

»Ja«, sagte ich. »Ich schlage vor, wir gehen zu mir und trinken eine heiße Schokolade.«

Wir fuhren mit seinem Auto zu mir.

Die dritte Tasse Schokolade würzte ich mit Whisky, damit er sich etwas entspannte. Doch das reichte nicht, deshalb servierte ich ihm schließlich Whisky ohne Schokolade. Ein Glas, zwei Gläser, drei.

»Ich muß nach Hause wohl ein Taxi nehmen«, sagte er. »Und das Auto morgen holen. Aber wie soll ich das Iris erklären?«

»Iris?«

»Meine Frau. Sie heißt so.«

»Aber deine Frau ist doch verreist«, sagte ich.

Er sah erstaunt aus. Lachte auf. »Wie konnte ich das vergessen?« sagte er. »Sonst wäre ich ja nicht hier.«

Er sah mich an. Rückte näher. Küßte mich. Wir zogen uns aus, gingen ins Bett und schliefen miteinander. Ohne Kondom. Damit hatte ich gerechnet: daß dieser Mann nicht zu der kondomtragenden Generation gehörte. Daß er zu der Generation von Männern gehörte, die gelernt haben, es für selbstverständlich zu halten, daß Frauen Antibabypillen nehmen, die Generation von heterosexuellen Männern, die immer noch keinen Gedanken an das Aidsrisiko verschwenden, bevor sie mit einer fremden Person ins Bett gehen. Damit hatte ich gerechnet: daß er nichts fragen, nichts in Frage stellen, nicht auf Nummer Sicher gehen würde.

Wir schliefen also miteinander genau so, wie wir geschaffen waren, und ich dachte, jetzt werde ich vielleicht schwanger. Aber in dieser Hinsicht hatte ich keinen Nutzen von Georg. Tatsache ist, daß ich überhaupt keinen Nutzen mehr von ihm habe. Tatsache ist, daß wir uns nicht getroffen haben, seit ich meine Katzen bekommen habe. Er kann ja wegen seiner Allergie nicht mehr zu mir nach Hause kommen, und ich habe wegen seiner Familie nie zu ihm nach Hause kommen können.

Seit ich meine Katzen bekommen habe, habe ich nicht viel getan. Wenn sie schlafen, schlafe ich auch. Und wenn sie wach sind, betrachte ich sie. Wie sie miteinander kommunizieren, oft ohne einen Laut, sondern durch eine Art Choreographie, als führten sie einen Tanz auf, bei dem jede einzelne Bewegung einem Buchstaben in unserem menschlichen Alphabet entsprechen könnte. Ich betrachte sie, wie sie zusammen jagen. Sie jagen alles, was sich bewegt: die Zweige der Topfpflanzen, die sich im Zug vom Fenster wiegen, Knospen und Blüten, die abfallen, Brotkrümel, Papierbälle, Staubmäuse, meine Zehen, meine Finger, mein Haar. Sie jagen ihre Schwänze, sie jagen sich gegenseitig, und sie jagen gegenseitig ihre Schwänze. Sie können ganz einfach nicht widerstehen, wenn sich etwas bewegt. Sie können sich gegenseitig nicht widerstehen. Ich verstehe sie, ich kann ihnen auch nicht widerstehen. Ich betrachte sie, wie sie sich schlagen, wie sie sich gegenseitig kratzen und beißen, ohne einander je weh zu tun. Sie wissen genau, was sie tun müssen, um einander zu verletzen, deshalb brauchen sie es nie zu tun. Deshalb haben sie es nie getan. Ich betrachte sie, wie sie mitten in einer Schlägerei anfangen, sich gegenseitig zu lecken, wie sie zusammen einschlafen, so eng umschlungen, daß sie aussehen wie eine einzige Katze mit zwei Köpfen.

Inzwischen bin ich froh darüber, daß ich die Katzenjungen habe statt eines Menschenkindes, das ich immer weggeben muß, damit ich mir leisten kann, es zu behalten. Ich habe nicht mehr das Gefühl, daß die Katzen ein Surrogat sind. Ich glaube eher, sie bilden eine Art Katalysator. Ich glaube, ich habe sie, weil das Holzhaus so groß und die Wildkatzen bald so wild werden, daß sie in meinen Träumen keinen Platz mehr haben.

Aber eigentlich glaube ich, ich habe die Katzen, weil ich genug habe von Veränderungen. Ich habe genug davon, daß alles neu ist und voller Abwechslung und ich nie dazu komme, mich an etwas zu gewöhnen. Oder an jemanden. Ich habe genug von neuen Leuten, die ich kennenlerne und die ich liebgewinne und die dann einfach aus meinem Leben verschwinden wie jede beliebige Kindergartentante und ausgetauscht werden gegen neue Menschen, die ihrerseits nach und nach aus meinem Leben verschwinden und ausgetauscht werden. Es ist immer dieses Neue, immer dieses Austauschen in einem nie versiegenden Strom. Ich habe genug von diesem Strom. Ich will ein stilles Leben. Ich will, daß ein Tag dem anderen gleich ist, daß der Strom zum Stehen kommt und zu einem Teich wird. Ein Teich, in dem sich nichts bewegt. Ein Teich, wo alles verschlammt, wo ich dazu komme, einen Menschen kennenzulernen, und wo ein Mensch dazu kommt, mich kennenzulernen. Ein Teich, wo wir beieinander bleiben, auch nachdem wir einander kennengelernt haben.

Aber es gibt natürlich keinen solchen Teich. Es gibt

kein Leben, wo sich nichts bewegt, es gibt kein stilles Leben. Was still ist, ist tot, und die meisten Menschen haben Angst vor dem Tod. Sie fühlen sich gehetzt vom Tod. Aber es ist nicht der Tod, der sie hetzt, sie hetzen nur sich selbst. Sie hetzen sich selbst durch das Leben, sie hetzen sich aus dem Leben, ihrem eigenen und dem anderer. Deshalb habe ich meine Katzen. Sie werden nicht so lange leben wie Menschen, aber wenn ich sie gut pflege und wenn sie nicht überfahren oder vergiftet werden oder aus dem Fenster im dritten Stock fallen, können sie fünfzehn Jahre leben. Im Laufe dieser fünfzehn Jahre komme ich dazu, sie kennenzulernen, und sie kommen dazu, mich kennenzulernen, und wenn der Tod uns schließlich scheidet, hatte unser Leben etwas von Bestand.

Ich sitze im Wohnzimmer auf dem Sofa und trinke meinen Morgenkaffee. Die Katzen sind aus der Küche hereingekommen. Sie haben gefressen und sind satt und rund um die Bäuche. Sie springen auf die Fensterbank und lecken sich selbst und gegenseitig. Dann sitzen sie da und gucken aus dem Fenster, auf alles, was sich bewegt da draußen. Fliegen, Vögel, Flugzeuge. Pollen, Herbstlaub, Schneeflocken. Ich glaube, die Katzen sehnen sich hinaus. Sie wissen vielleicht nicht, wonach sie sich sehnen, aber sich sehnen tun sie. Ich selbst erinnere mich nicht, was für eine Jahreszeit wir haben. Ich gucke raus, um einen Anhaltspunkt zu finden, aber es nützt nichts. Pollen, Herbstlaub und Schneeflocken, ich weiß nicht, was, sehe nicht den Unterschied, weiß nur, daß es vorbeifliegt. Sehe nur, daß es sich bewegt.

Aus einem Traum

Eines Nachts, als ich nicht schlafen konnte – Iris konnte auch nicht schlafen, ich hörte, wie sie seufzte und sich drehte –, hatte ich plötzlich alles so satt, daß ich aus dem Bett stieg, meine Decke und mein Kopfkissen nahm, die zwei Treppen zum Hobbyraum runterging und mir auf dem Schlafsofa vor dem Fernseher das Bett machte.

Danach schlich ich die Treppe rauf zur Küche und goß mir ein großes Glas Whisky ein, tappte wieder zum Hobbyraum, schloß die Tür hinter mir, stellte den Fernseher an und hatte das Glück, direkt am Anfang eines Krimis aus den siebziger Jahren zu landen. Ich kroch zwischen die Laken, das Glas in der Hand, trank in kleinen Schlucken. Es war richtig gemütlich, beinah, als wäre ich in ein eigenes Heim gezogen und könnte machen, was ich wollte. Die Handlung des Krimis war einfach: Ein Vergewaltiger wütet in New York; als die Polizei ihm auf die Spur kommt, fängt er an, seine Opfer zum Schweigen zu bringen, indem er sie erdrosselt; Kojak gelingt es schließlich, ihn zu fassen, und die Frauen von New York können aufatmen.

Als ich den Fernseher abgestellt, das Glas geleert, die Lampe ausgemacht und mich hingelegt hatte, dachte ich, ich sollte die Gelegenheit nutzen, um zu onanieren, und so schloß ich die Augen und fing an zu phantasieren. Aber es langweilte mich, und nichts passierte. Er lag schlapp wie ein toter Fisch in meiner Hand. Die Phantasien handelten von Dominanz und Unterwerfung; ich bin immer von ihnen abhängig gewesen, und sie führten immer dazu, daß ich mich wie ein richtiger Macho gefühlt habe, aber jetzt, als sie plötzlich keine Wirkung hatten, fühlte ich mich nicht einmal mehr als Mann. Mir fehlte Scilla. Die Male, die wir miteinander geschlafen hatten, hatte ich meine sexuellen Phantasien nicht gebraucht, denn sie schien diesen geradezu entsprungen zu sein. Sie war jemand, der aus einem Traum geradewegs in die Wirklichkeit gestiegen war. Es war ein merkwürdiges Gefühl. Es war für mich wie nach Hause kommen. Es war falsch.

Sie ermunterte und begrüßte all das Schmutzige und Kranke in mir, all das, was es nicht geben sollte, und wenn es das nun trotzdem gab, so sollte es zumindest nicht zu sehen sein. Aber Scilla machte es sichtbar. Sie machte es sogar schön. Politisch bewußte Frauen, Lesben und Feministinnen, und solche wie Iris, die immer zwischen Richtig und Falsch unterscheiden können, hätten Hackfleisch aus ihr gemacht, hätten sie erfahren, daß sie sich freiwillig vergewaltigen und mehr oder weniger mißhandeln ließ, weil sie es genoß, sexuell.

Ich beneide diese Frauen. Ich beneide alle Frauen – außer möglicherweise Scilla. Nicht daß ich eine Frau sein möchte. Ich habe mir nie gewünscht, schwanger zu werden, und all dieses Zyklische wirkt nur lästig und einförmig. Ich sehne mich auch nicht danach, Frauenkleider zu tragen und ein sogenanntes feminines Verhalten anzunehmen. Ich bin im großen und ganzen zufrieden damit, ein Mann zu sein, kulturell wie biologisch. Worum ich die Frauen beneide, das sind ihre Gefühle, oder exakter: ihr Recht auf ihre Gefühle. Vor allem Gefühle wie Zorn und Angst, und dabei insbesondere der berechtigte Zorn über die Kränkungen und Schikanen sowie die oft etwas übertriebene, aber nichtsdestoweniger legitime Angst vor physischen Übergriffen.

Aber ich habe nicht den leisesten Wunsch, irgendeiner Form von Gewalt ausgesetzt zu werden. Das einzige, worum ich die Frauen beneide, ist die Wut auf und die Angst vor etwas, das sichtbar und begreifbar ist. Etwas, das existiert. Und Angst um sich selbst zu haben.

Ich selbst habe nur Grund, mich über Ungerechtigkeiten aufzuregen, die andere Menschen betreffen. Und Angst davor, was wir Menschen, wir Männer, auf unserer Erde anstellen: Krieg und Umweltkatastrophen und Übergriffe gegen Frauen und Kinder. Aber ich habe es satt, daß *mein* Zorn und *meine* Angst nur so lange als akzeptabel betrachtet werden, wie ich sie für *andere* empfinde. Ich will auch das Recht haben, aus persönlichen Gründen ängstlich und wütend zu sein. Ich will auch das Recht haben, mich von Ungerechtigkeiten betroffen zu fühlen. Aber ich bin der am wenigsten betroffene Mensch, den man sich vorstellen kann. Keine Ungerechtigkeit hat mich je betroffen. Sämtliche menschlichen Rechte sind mir zugefallen. Dennoch empfinde ich Angst, persönliche Angst. Und Wut.

Einmal erwähnte ich meine Angst zufällig vor Iris.

»*Du?*« sagte sie. »Du hast wohl nichts, wovor du Angst haben mußt?«

Nee, eben.

Meine Arbeit war immer meine Sicherheit. Und meine Friedenszone. So war es auch an jenem Morgen vor längerer Zeit gewesen, als wir in der Küche gestanden hatten und ich zu Iris gesagt hatte: »Meinst du nicht, wir sollten uns scheiden lassen?« und sie mich angestarrt hatte – es klingt vielleicht komisch, aber tatsächlich fiel mir erst bei dieser Gelegenheit auf, daß ihre Augen ungewöhnlich eng stehen und sie dadurch bedrohlich wirkte. Als sie mich mehrere Sekunden lang unter Schweigen angestarrt hatte, sagte sie: »Dann nehme ich das Haus, Georg. Denn du hast doch nicht vor, mich einfach rauszuwerfen?«

»Was? Nein ...« An das Haus hatte ich nicht gedacht, hatte es für selbstverständlich gehalten, daß es meines war. Ich hatte an die Mädchen gedacht, die hielt ich nicht für selbstverständlich. Aber das Haus. Ich hatte es ja gefunden. Sofort ein Angebot gemacht, bevor Iris auch nur von seiner Existenz wußte. Mit meinem Geld hatten wir die Anzahlung gemacht, die Tilgungen in den ersten Jahren, den Umbau von Obergeschoß, Garage, Keller. Ich hatte die Pläne gemacht, im Zusammenarbeit mit den Schreinern natürlich, aber die Ideen waren von mir. Und ich hatte den Garten gepflegt in all den Jahren. Meine ganze Seele lag in diesem Haus. Und ein erheblicher Teil meines Einkommens. Aber plötzlich begriff ich, daß ich kein gesetzliches Recht darauf hatte. Nicht mehr als Iris. Und sie stand einfach da und starrte mich an und sagte: »Wenn du dich scheiden lassen willst, dann bist du der, der geht. Ich rühr mich nicht vom Fleck.«

»Aber«, sagte ich, »du hast dieses Haus doch nie gemocht. Du hast es doch immer zu dunkel und zu kalt gefunden und zu viel Garten und Gott weiß was, noch!«

»Du verstehst nicht, Georg«, sagte sie. »Wenn *du* dich scheiden lassen willst, werd doch wohl nicht *ich* all die Arbeit haben mit Wohnungsuchen und Packen und Sortieren und Umziehen?«

Aber willst du dich nicht auch scheiden lassen, wollte ich fragen. Willst du nicht von mir befreit werden, genauso wie ich von dir? Aber ich fragte nicht, wußte nicht, wie.

»Und außerdem«, fuhr sie fort, »könnte ich es ja später verkaufen, wenn die Mädchen zu Hause ausgezogen sind. Und mir ein kleineres Haus kaufen. Oder eine Wohnung. Oder beides. Nachdem ich den Erlös mit dir geteilt hätte natürlich.«

Jetzt kam Renée in die Küche, mit zerzaustem Haar, im Morgenmantel: »Welchen Erlös?«, und als keiner von uns antwortete: »Streitet ihr jetzt wieder?«

»Wir streiten nicht«, sagte Iris. »Wir diskutieren nur etwas.«

»Und was?«

»Dein Vater droht, das Haus zu verkaufen.«

»Was?« sagten Renée und ich gleichzeitig.

»Wie kannst du nur?« fuhr Renée fort und richtete einen scharfen Blick auf mich, und ich erkannte, daß sie dieses Engstehende und Bedrohliche von Iris geerbt hatte. »Wie kannst du Kim und mir das antun! Unser Elternhaus verkaufen, ohne uns zu fragen!«

»Aber ich werde nicht verkaufen!« verteidigte ich mich. »*Wir* werden nicht verkaufen.« Und an Iris gewandt: »Iris, verdammt noch mal!«

»Ja?« sagte sie.

»Ja, was?« sagte ich.

»Was macht ihr eigentlich?« sagte Renée.

»Ja, was machen wir eigentlich, Georg?« sagte Iris. »Wenn du deiner Tochter freundlicherweise erklären würdest, was wir machen. Nachdem du diese Diskussion hier angefangen hast.«

»Ja. Erklär es, Papa«, sagte Renée und verschränkte die Arme, herausfordernd.

Ich guckte auf die Uhr an der Wand. Dann guckte ich auf meine Armbanduhr, sie ging drei Minuten nach, ich hatte sie nach der Uhr in meinem Büro gestellt. Ich sah auf, zu Renée, und sagte: »Ja, verstehst du, es war nur so, daß Mama gesagt hat – wie sie es ja oft tut –, daß es so dunkel und kalt ist hier im Haus mit all den Holztäfelungen und mit dem Marmorboden im Eßzimmer und den Kacheln im Badezimmer. Und da hab ich gesagt, du kannst es doch weiß anstreichen, oder hellgelb vielleicht. Und dann legen wir Fußbodenheizung unter alle Böden. Aber da hat sie gesagt, es bleibt trotzdem so kalt mit all den Bäumen und Büschen, die so nah ans Haus kommen und einem die Sonne und das Tageslicht nehmen, und da hab ich vorgeschlagen – im Scherz, meine ich –, wir sollten das Haus vielleicht verkaufen und in eine Wohnung ziehen, vielleicht auf Ön oder ganz oben in Kronprinsen, wo es garantiert keine Bäume vor den Fenstern gibt, die einem die Sicht oder das Licht nehmen können. Aber Mama hat den Vorschlag wohl ernst genommen und ... ja, das war alles. Und jetzt, meine Damen« – ich guckte wieder auf die Armbanduhr –, »muß ich wie ein geölter Blitz ins Büro rasen und ein paar Brötchen verdienen.«

Renée kicherte los. Sie sah erleichtert aus. Wie Iris aussah, weiß ich nicht, denn ich vermied es, sie anzusehen, verließ einfach die Küche, die Diele, nahm den Mantel über den Arm, die Autoschlüssel in die Hand und ging zum Auto. Ich fühlte mich wie ein Gefangener, ein Internierter, der auf sein kleines Tortenstück im Gefängnishof rausgeht. Den ganzen Weg in die

Stadt fühlte ich mich so, eingesperrt und ausgeliefert zugleich.

Doch das Gefühl legte sich etwas, als ich in der Tür zum Büro stand und vom Lächeln meiner Sekretärin und einem lautlosen Hallo – sie telefonierte nämlich – empfangen wurde. Und als ich an ihr vorbei- und in mein Zimmer ging, hörte ich hinter mir ihre etwas schrille und professionell freundliche Stimme, als sie sagte: »Ich verstehe ... O je ... Doch, das können wir schon ... Nein, leider, Georg Malmfors ist noch nicht da, aber ich richte gern etwas aus ...«

Ich machte die Tür hinter mir zu, atmete auf. Allein das, die Tür hinter sich zumachen zu können, dachte ich. Allein das, ein eigenes Zimmer zu haben, in das niemand kommen darf, ohne zuerst anzuklopfen. Und dann dieser unbeschreibliche Luxus, eine Sekretärin zu haben, und genau so eine Sekretärin zu haben wie meine. Ihre natürliche Sensibilität. Sie kennt mich gut, stürzt sich nie morgens sofort auf mich, läßt mir immer eine Viertelstunde, zwanzig Minuten für mich, bevor sie per Sprechanlage Nachrichten überbringt oder für eine Unterschrift mit einer Akte oder einem Auftrag hereinkommt. Während dieser zwanzig Minuten kann ich eine Tasse Kaffee trinken, eine Zigarette rauchen, das Unbehagen von zu Hause abschütteln und mich auf die Aufgaben des Tages vorbereiten.

An diesem Morgen rief ich Scilla an, es war eines der ersten Male, daß ich das tat.

»Du hast nicht Lust, mich heute zum Kaffee einzuladen?« sagte ich.

Ich lag auf ihrem Bett, völlig still, guckte an die Decke. Sie lag neben mir. Ich spürte, wie in meinem Körper die Panik herumzukriechen begann, wie sie sich langsam und gewissermaßen krabbelnd in alle Glieder und Organe ausbreitete. Es tat nicht weh, aber mein Puls hämmerte laut, dröhnend laut, kam es mir vor, und ich hatte Mühe zu atmen. Ich dachte, wenn ich schreie, geht es vielleicht vorbei, aber ich konnte nicht schreien, denn wie hätte es ausgesehen, wie ich da lag und schrie, deshalb biß ich lieber die Zähne zusammen.

Es war das dritte Mal, daß ich dort war, bei ihr, in ihrem Bett. Das erste Mal war es nur ein zufälliges Abenteuer gewesen, das zweite Mal nahezu als Unfall zu betrachten – wir waren in der Stadt zusammengestoßen, es hatte angefangen zu regnen, und so fuhr ich sie nach Hause, und zum Dank bat sie mich zum Kaffee hinauf. Aber dieses Mal war es vorsätzlich. Überlegt, wie ein Mord. Sie löste meinen Schlips, knöpfte mir das Hemd auf, streichelte mich über die Brust, den Bauch hinunter. Aber ich legte meine Hand auf ihre Hand, hinderte sie daran, die Bewegung fortzusetzen.

»Ich hab so eine verdammte Angst«, preßte ich zwischen den Zähnen hervor.

»Es gibt nichts, wovor du Angst haben mußt«, sagte sie. »Es sieht uns niemand.«

»*Ich* sehe«, sagte ich.

»Nicht wenn du die Augen zumachst«, sagte sie. Da machte ich die Augen zu.

Aber sie irrte sich. Ich sah trotzdem. Man wird nicht blind, weil man die Augen schließt, man wird nur etwas ungeschickter als vorher.

Und ungeschickt packte ich ihren Körper, riß die Kleider herunter, die mir im Weg waren. Dann nahm ich sie, wie sie war, ohne Vorspiel oder andere Verzierungen. Sie schrie auf, als ich in sie eindrang, ein einziger kurzer Schrei, den sie an meinen Hals presste. Dann lag sie nur da und nahm auf und nahm auf und nahm auf. Und ich war grob und brutal, ein Ungeheuer, ein Monster, und sie flüsterte: »Mach weiter, Georg, mach weiter ...« Und ich hatte die ganze Zeit die Augen zu. Aber ich sah es trotzdem, sah das Ganze vor mir, so klar, als wäre es auf eine Leinwand projiziert worden, ich sah es wie in einem Film. Und ich war schreckensstarr, wie ein Gejagter, und als ich kam, sackte ich über ihrem Körper zusammen, als wäre ich erschossen worden. Ich schlief sofort ein.

Als ich aufwachte, stand sie am Fenster und guckte hinaus. Die Sonne stand niedrig im Südwesten, schien in Form eines breiten goldgelben Strahls herein, und dort befand sie sich, mitten in dem Strahl, und spaltete ihn in zwei Teile. Es waren mehrere Stunden vergangen. Irgendwo im Zwerchfell begannen die Schuldgefühle zu mahlen, kauten auf meinem Mageninhalt, mir wurde schlecht.

»Ich muß gehen«, sagte ich. »Sofort. Ich hätte längst gehen müssen.«

»Ich weiß«, sagte Scilla und trat vom Fenster weg mitten ins Zimmer. Sie war nackt, und im Gegenlicht wurde sie zu einer Silhouette, oder vielleicht eher: Sie sah aus wie der Hohlraum von etwas, das man ausgeschnitten und weggenommen hat, und ich wollte zu ihr gehen und sie nur festhalten, wie um mich zu vergewissern, daß es sie gab, aber ich mußte mich schnell anziehen und auf den Weg machen, und unterwegs würde ich einen Abstecher zum Büro machen müssen, und ich hätte schon zu Hause sein und am Tisch sitzen und mit der Familie Abendbrot essen sollen. Aber sie stand da – der Hohlraum stand da – vollkommen still, und als ich die Kleider anhatte, machte ich einen Schritt auf sie zu, doch da legte sie den Kopf etwas schief und sagte:

»Du hast keine Zeit, Georg. Geh jetzt. Wir sehen uns.«

Ich ging. Die Treppen hinunter. Stieg ins Auto. Und genau in dem Moment, als ich nach Hause fuhr – und ich fuhr viel zu schnell, an die siebzig, durch die Innenstadt –, begriff ich, daß meine Beziehung zu Scilla schädlich war, daß sie mein ganzes Dasein umzuwerfen drohte.

Und an einem darauffolgenden Tag, als ich sie vom Büro aus angerufen hatte, erzählte sie, daß sie sich zwei junge Katzen angeschafft hatte, und da nutzte ich die Gelegenheit, um zu sagen, ich sei allergisch gegen Katzen.

»Die einzigen, in deren Nähe ich kommen kann, sind norwegische Waldkatzen«, fügte ich hinzu, um die Glaubwürdigkeit dessen, was ich gesagt hatte, zu unterstreichen, denn aus irgendeinem Grund sind die meisten Menschen eher geneigt, das, was man sagt, zu glauben, wenn man gleichzeitig eine Ausnahme nennt. Vielleicht haben sie gelernt, daß die Ausnahme die Regel bestätigt. Aber in diesem Fall stellte die Ausnahme ein Risiko dar, da es tatsächlich norwegische Waldkatzen hätten sein können, die sich Scilla angeschafft hat. Aber soweit ich beurteilen konnte, gestattete ihre Ökonomie keine solchen Ausschweifungen wie den Kauf von zwei reinrassigen Katzen.

»Was ist Besonderes an norwegischen Waldkatzen?« fragte sie.

»Ich weiß es nicht genau«, antwortete ich. »Aber es ist was mit ihrem Fell. Der enthält wohl nicht den Stoff, den das Fell anderer Katzen enthält und das bei Menschen Allergien hervorruft.«

Wir waren ein Weilchen still, und da waren in der Leitung leise Laute zu hören: das Gespräch zweier anderer Menschen. Es klang intensiv, als ob der eine dem anderen etwas Aufregendes erzählte. Ich versuchte zu hören, was sie sagten, doch das ging nicht, die Stimmen waren zu weit weg, die Worte zu undeutlich und gewissermaßen konturenlos, als bestünden sie ausschließlich aus Vokalen.

»Wenn ich die Sache richtig verstehe«, sagte Scilla, »bedeutet es, daß du nicht mehr zu mir kommen kannst?«

»Ich nehme es an«, sagte ich.

»Wo sollen wir uns dann treffen?« sagte sie.

Ich beantwortete die Frage nicht, zündete mir statt dessen eine Zigarette an.

»Komisch, daß du nicht auch gegen Rauch allergisch bist«, sagte sie, und ich wußte nicht gleich, was ich darauf antworten sollte, wußte nicht, inwiefern eine Pelztierallergie automatisch auch Rauch und Pollen und Milben einbezieht. Da ich es aber verabscheue, bei einer Lüge ertappt zu werden – ich verabscheue es so sehr, daß es ganz einfach nicht passieren darf, und deshalb ist es auch noch nie passiert –, entschied ich mich rasch dafür, daß ich gegen Rauch auf keinen Fall allergisch war.

»Ich bin kein Asthmatiker«, sagte ich und hoffte, daß das relevant war.

»Wir können uns vielleicht gar nicht mehr treffen«, sagte sie. »Wenn wir nicht ins Hotel gehen.«

»Das geht nicht«, sagte ich. »Nicht in dieser Stadt. Ich kenne ja Leute in der Hotelbranche.«

»In *dieser* Stadt, ja. Aber wir könnten zusammen verreisen.«

»Und wohin?«

»Nach Stockholm zum Beispiel. Oder Kopenhagen. Oder Rügen, das ist ja so nahe. Oder Berlin, ich war noch nie in Berlin.«

»Aber ich kann nicht einfach so verreisen«, sagte ich. »Es muß einen Anlaß geben.«

»Ich bin ein Anlaß«, sagte Scilla.

»Aber«, seufzte ich, »ich kann ja meiner Sekretärin, oder Iris, nicht gut sagen ...«

»Nee, klar, daß du das nicht kannst«, unterbrach sie mich, und jetzt hatte ihre Stimme etwas Ungeduldiges: »Aber du solltest vielleicht lügen lernen, Georg. Dann ginge es dir vielleicht etwas besser.«

Hier spürte ich, daß gleich etwas schieflief, deshalb entschuldigte ich mich, ich hätte viel zu tun, mehrere meiner Angestellten seien krank, und dann beendeten wir das Gespräch. Danach fühlte ich mich zufrieden und erleichtert, denn solange sie ihre Katzen hatte, brauchte ich nicht zu riskieren, der Versuchung, ihr, zu erliegen. Es sei denn, ich wollte meine Glaubwürdigkeit verlieren. Es war, als wäre ein Bann gebrochen.

Aber wenn ich allein im Dunkeln im Hobbyraum lag, nach Kojak und nach dem Whisky, fehlte sie mir. Ich wollte sie anfassen, Dinge mit ihr tun, und ich wollte es richtig, nicht in der Phantasie. Sie hatte mich fühlen lassen, wie sich Wirklichkeit anfühlen konnte, und jetzt kam ich nicht mehr zurecht ohne sie.

Ich setzte mich im Bett auf, machte Licht, stellte den Fernseher wieder an, fand aber nichts weiter als schwarzweißes Geflimmer, Musikvideos und Sport. Ich stellte ihn wieder ab, stieg aus dem Bett und ging rauf in die Küche. Nahm mir noch ein Glas Whisky.

Von da an hielt ich mich abends meistens im Hobbyraum auf und nachts immer. Manchmal mit einem Whisky, manchmal mit einem Bier oder einem Glas Wein. Immer mit laufendem Fernseher, fast immer Siebziger-Jahre-Wiederholungen: Kojak, Baretta, McCloud, Columbo.

Da Iris unser offizielles Schlafzimmer im ersten Stock behielt, lag inzwischen nachts ein ganzes Stockwerk wie ein Puffer zwischen uns. Ein Puffer, bestehend aus Diele, Wohnzimmer, Eßzimmer und Küche sowie einer Gästetoilette, die ich bald für meine Morgenroutine zu benutzen begann. Ich vermied es auch, gleichzeitig mit Iris zu frühstücken, und deshalb sahen wir uns nach und nach nur noch eine kurze Weile während der Abendmahlzeiten der Familie und bei den seltenen Gelegenheiten, wo wir Verwandte und Freunde zu Besuch hatten. Jetzt, wo ich sie beinah nie sah oder mit ihr sprach, fühlte ich mich ganz wohl dabei, mit ihr verheiratet zu sein. Die Aufteilung zwischen uns war bequem, sie erforderte keine Trennung, keine Vermögensteilung, keine Dramatik. An der Oberfläche war ja alles wie gewöhnlich. Das konnte gern so bleiben, bis daß der Tod uns scheiden würde.

Und eines Tages fehlte nicht viel, und er hätte es getan. Es war am Nachmittag eines gewöhnlichen Arbeitstages, ich hatte viel zu tun gehabt und erholte mich, indem ich mit Scilla telefonierte, und es war wirklich entspannend, mit ihr zu reden, seit ich für uns die Möglichkeit eliminiert hatte, uns zu sehen. Wir hatten angefangen, über alles mögliche zu reden. Das Ganze kreiste nicht mehr um Sex und Zusammenleben. An diesem Nachmittag erzählte ich ihr über mein Interesse an Jazzmusik und war gerade dabei zu erklären, warum ich Lars Gullin für ein Genie halte, als meine Sekretärin auf der Sprechanlage anrief.

»Iris am Telefon!« sagte sie.

Was zum Teufel? dachte ich und sagte zu Scilla: »Wir müssen auflegen, ich rufe dich später an!«, und stellte auf die andere Leitung um, auf der Iris war.

»Ja, was ist?« sagte ich.

»Ich bin im Krankenhaus«, sagte Iris.

»Warum?«

»Ein Zusammenstoß.«

»Zusammenstoß?«

»Mm«, sagte sie, und jetzt hörte ich, daß sie mit schleppender Stimme sprach, und ich dachte, sie hat vielleicht Morphium bekommen. »Georg ...« fuhr sie fort. »Ich bleibe wohl eine Weile hier.«

»Aber wie geht es?«

»Es ist der Nacken«, lallte sie. Definitiv Morphium, dachte ich.

»Ich bin am Bett fixiert ...« fuhr sie fort. »In einem ... in einem ... wie heißt das? Wie heißt das, Georg?«

»Ich weiß nicht«, sagte ich.

»Ich kann den Kopf nicht bewegen«, sagte sie und klang plötzlich wieder etwas klarer. »Sie haben ihn irgendwie festgeschraubt. Aber sonst bin ich sicher okay. Sie haben gesagt, ich werde wieder gesund, ich hätte Glück gehabt.« Sie klang jämmerlich. »Georg ...?« winselte sie, und ich begriff jetzt, daß sie beinah weinte, daß sie versuchte, es nicht zu tun.

»Kannst du nicht herkommen?« flüsterte sie.

»Was?« sagte ich und entdeckte, daß ich heiser war, also räusperte ich mich und sagte: »Ja, sicher. Selbstverständlich. In welcher Klinik liegst du?«

Ich notierte Klinik, Abteilung und Zimmernummer.

«Ich komme sofort», sagte ich. »Muß nur noch meiner Sekretärin Bescheid sagen. Brauchst du etwas Bestimmtes?«

»Ja«, antwortete sie, und jetzt klang ihre Stimme wieder fast normal. »Wenn du zuerst nach Hause fährst. Und Seife und so was holst. Zahnpasta und Zahnbürste. Und die Haarbürste. Alles ist im Badezimmer. Du findest es, wenn du ein bißchen suchst.«

Ich notierte.

»Sonst nichts?« sagte ich. »Eine Strickjacke vielleicht? Morgenmantel? Socken? Pantoffeln?«

Ich kann sehr fürsorglich und zuvorkommend sein, wenn es wirklich darauf ankommt. Wie damals, als die Mädchen klein waren und hinfielen und sich weh taten. Oder im Dunkeln Angst hatten. Dann wußte ich immer, was sie brauchten und was zu tun war. Und wie ich sein mußte. Es war, als hätte ich eine Art Mutterinstinkt. Als mir dieses Gefühl, dieser bis dahin verborgene Instinkt, bewußt wurde, vertraute ich mich Iris an. Die schnaubte: »Ha! Das nenne ich einen prachtvollen Ausdruck von Gebärmutterneid. Du hast nicht mehr Mutterinstinkt als ein Tannenzapfen!«

»Was weißt du über die Instinkte von Tannenzapfen?« hatte ich versucht zu scherzen, aber das kam nicht an, sie schüttelte nur den Kopf, drehte mir den Rücken zu, bereitete eine Flasche für Renée vor, die damals ein Baby war, nur ein paar Wochen alt. Kim war zweieinhalb und damit beschäftigt, die Welt zu entdecken. Den ganzen Tag lief sie herum und zeigte auf Dinge.

»Das heißt?« fragte sie. »Papa, was das heißt? Was das *ist*?«

Sie war mein damals, Kim, ich kümmerte mich um sie, als Renée neugeboren war und Iris' gesamte Zeit ins Anspruch nahm. Während Iris stillte und Windeln wechselte und zur Säuglingspflegezentrale rannte und was es alles war, was sie mit Renée machte, machte ich Frühstück für Kim, wusch sie und brachte ihr bei, die Zähne zu putzen und auf den Topf zu gehen und den richtigen Fuß in den richtigen Schuh zu stecken. Ich knöpfte alle ihre Knöpfe, zog alle Reißverschlüsse zu, paßte auf Fausthandschuhe, Mützen, Teddys, Puppen, Eimer und Schaufel auf. Ich arbeitete nur noch halbtags, damit sie nicht mehr als vier, fünf Stunden am Tag in den Kindergarten mußte, ich brachte sie morgens dorthin und holte sie gegen Mittag wieder ab, ich machte für uns alle Mittagessen. Und beinah jeden Nachmittag gingen Kim und ich auf den Spielplatz. Wir gruben in der Sandkiste, kletterten im Klettergerüst, schaukelten auf den Autoreifenschaukeln. Sie saß auf meinem Schoß, und ich hielt sie fest, wenn wir vor und zurück schaukelten, höher und höher.

»Wir fliegen!« sagte ich. »Wir fliegen zum Himmel!«

»Hinnel!« rief Kim, und wir flogen, bis Schwindelschauer sie in dem, was Lachschlag genannt wird, schreien und lachen ließen. Und ich stoppte die Schaukel immer zur rechten Zeit, genau dann, wenn der Schrecken größer zu werden drohte als das Entzücken. Ich wußte immer, wo die Grenze war, wußte immer, was Kim brauchte. Und als Iris nicht mehr stillte und anfing, sich mit anderem zu beschäftigen (nach dem Mutterschaftsurlaub begann sie abends einen Fortbildungskurs, während sie gleichzeitig zu ihrer früheren Ganztagsarbeit zurückkehrte), entwickelte ich die gleiche Beziehung zu Renée.

Und jetzt, wo Iris offensichtlich mit festgeschraubtem Kopf in einem Krankenhausbett lag und mich wirklich brauchte, stieg in mir diese alte instinktive Fürsorglichkeit auf, und ich wußte augenblicklich, was sie möglicherweise brauchen könnte.

»Danke«, sagte sie. »Socken wären gut, hier ist es ziemlich kalt, wirklich, und alle Krankenhaussocken sind aus Nylon.«

Ich erzählte meiner Sekretärin, was passiert war, und fuhr nach Hause. Im Badezimmer sammelte ich die Toilettenartikel zusammen, um die Iris gebeten hatte. Aus ihrem Kleiderschrank nahm ich Baumwollsocken, Skisocken, Strickjacke, Trainingshosen, Wollplaid sowie Morgenmantel und Pantoffeln, legte alles säuberlich zusammen und packte es in einen Koffer. Anschließend wählte ich aus dem Bücherregal ein paar Bücher aus. Leicht zu lesende, spannende Lektüre: Agatha Christie, Ruth Rendell, Ed McBain. Dann suchte ich Iris' Walkman heraus, eine Handvoll Kassetten, unterschiedliche Musik, solche, von der ich weiß, daß sie sie mag: Beatles, Joni Mitchell, Mozart, Billie Holiday und Sarah Vaughan. Legte Bücher, Bänder und Walkman zuoberst in den Koffer, machte den Deckel zu, trug den Koffer in die Diele.

In der Küche schrieb ich einen Zettel für Kim und Renée, erzählte, was passiert war, daß sie sich keine Sorgen machen, aber so schnell sie konnten zum

Krankenhaus kommen sollten. Daß ihre Mutter sie braucht. Ich schloß, indem ich aufschrieb, in welcher Klinik und Abteilung sie lag, und die Zimmernummer.

Ich fuhr zum Krankenhaus, und am Kiosk kaufte ich einen großen Blumenstrauß, ich glaube, es waren Astern. Ich kaufte auch zusätzliche Batterien für den Walkman, eine Schachtel Schokolade und ein paar Bananen und Äpfel.

Als ich in die Abteilung und in das Zimmer kam, in dem Iris lag, war sie gerade eingeschlafen. Eine Schwester sagte, sie habe Morphium bekommen, wegen der Schmerzen, und eine Beruhigungsspritze und daß sie wohl eine Weile schlafen werde.

Ich konnte auch mit einem Arzt sprechen, der Iris' sämtliche, zum größten Teil leichte Verletzungen aufzählte, es handelte sich meist um blaue Flecke, Schwellungen und Schürfwunden. Aber – und jetzt kam er zu dem, was ernst war und das bös hätte enden können – offenbar war die Kopfstütze des Fahrersitzes nicht ordentlich festmontiert gewesen. Sie hatte sich gelöst, und hier zuckte der Arzt die Schultern und meinte, er sei nicht der richtige Mann, um zu erklären, wie das zugegangen sein könne, hingegen könne er genau darlegen, was mit Iris' Nacken passiert sei, als er nicht gestützt worden sei bei dem Zusammenstoß, zu dem es offenbar an einer Kreuzung gekommen war, wo Iris nach geltenden Regeln und Hinweisen die Vorfahrt hätte gewähren sollen, es aber nicht getan hatte.

Ich kann mich nicht erinnern, was der Arzt über die Verletzung selbst sagte, aber das Ganze lief jedenfalls darauf hinaus, daß Iris gezwungen war, eine Zeitlang im Krankenhaus zu bleiben.

»Deine Frau ist außerdem geschockt und erregt

über das, was passiert ist, und vielleicht fühlt sie sich schuldig. Aber zum Glück ist der andere Autofahrer ohne physische Verletzungen davongekommen.«

»Ja, zum Glück«, warf ich ein und meinte es wirklich.

»Worauf ich hinaus will«, fuhr der Arzt fort, »ist, daß deine Frau alle Unterstützung und Fürsorge braucht, die sie bekommen kann. Und keine Vorwürfe. Das ist gewissermaßen nicht der richtige Augenblick, sozusagen.«

Als der Arzt gegangen war, setzte ich mich auf einen Stuhl neben dem Bett. Iris schlief. Ihre Zimmernachbarin – sie war in einem Zwei-Bett-Zimmer untergebracht worden – war eine ältere Dame, die einen Arm von der Schulter ab in Gips hatte. Sie saß halb liegend im Bett, und mit der freien Hand blätterte sie in einer Illustrierten. Als die Dämmerung kam, reckte sie sich vorsichtig und machte ihre Bettlampe an. Sie sah zu Iris. Und zu mir. Ich sah zurück.

»Das regelt sich, Sie werden sehen«, sagte sie in vertraulichem Ton und mit einem kaum merkbaren ausländischen Akzent. »Sie wird überleben«, fuhr sie fort.

»Ich weiß«, sagte ich.

»Sie wissen es?« sagte die Dame. »Aber warum sehen Sie dann so niedergeschlagen aus?«

»Ich will, daß sie aufwacht«, antwortete ich. »Ich will, daß sie weiß, daß ich hier sitze.«

»Das regelt sich«, wiederholte die Dame. »Sie wird aufwachen und herumlaufen und beinah wie vorher sein. Es gibt nicht viele, die solche ernsten Schußverletzungen überleben, aber ihre Frau wird wieder ganz gesund. Sie ist aus starkem Holz. Ich sehe so was.«

Ich wollte sie fragen, was sie mit »Schußverletzungen« meinte, als es draußen im Korridor schepperte und sie zusammenzuckte, den Blick zur Tür wandte und lächelte.

»Jetzt kommen sie«, sagte sie. »Jetzt kommen die Engländer. Wir sind befreit.«

Die Tür ging auf, und eine Schwester trug ein Tablett mit Essen herein. Es roch nach Curry.

»Oj, ist es dunkel hier«, sagte die Schwester und machte die Deckenlampe an.

Das Tablett war für die alte Dame. Iris bekam nichts zu essen, sie hing am Tropf.

»Schläft sie immer noch?« fragte die Schwester und kam zu mir, und ich stand auf, damit ich sie nicht sitzend und von unten angucken mußte, während wir miteinander sprachen.

»Sie kann jetzt ruhig schlafen«, sagte die alte Dame mit vollem Mund. »Sie kann ausschlafen. Wir sind in sicheren Händen.«

Die Schwester warf mir einen entschuldigenden Blick zu. Ich lächelte entwaffnend zur Antwort. Sie lächelte zurück. Dann justierte sie Iris' Tropf. Sie war jung, vielleicht zwanzig, auf jeden Fall unter fünfundzwanzig.

»Ihre Tochter hat angerufen«, sagte sie, als sie fertig justiert hatte.

»Welche von ihnen? Ich habe zwei.«

Sie nahm einen Notizblock heraus und las ab: »Kim. Sie kommt, so schnell sie kann.«

»Danke«, sagte ich.

Die Schwester machte kehrt und ging zur Tür, ich setzte mich wieder auf den Stuhl. Ich konnte unter dem weißen Kittel ihren Slip erkennen. Er war hellblau oder helllila, vielleicht lavendelblau, die Farbe war schwer zu erkennen, aber um so deutlicher war zu erkennen, daß der Slip dabei war, hoch- und zwischen die Pobacken zu kriechen, und ich haßte mich selbst, weil mir das auffiel, haßte mich für den unkontrollierten Schauer, der meinen Körper durchfuhr. Haßte mich, weil ich eine Erektion bekam. Ich war also unfähig, mir nachts in meiner Einsamkeit, wenn es einigermaßen paßte und niemand davon betroffen war, einen runterzuholen. Aber hier in diesem erleuchteten Krankenhauszimmer, als diese junge Krankenschwester durch den Raum ging, mit ihrem wippenden kleinen Hintern und den Rändern des Slips, die langsam über und zwischen die Pobacken krochen und sie unter dem weißen Kittel, der ziemlich weit und nicht besonders lang war, immer mehr entblößten, hier war ich plötzlich potent wie ein pubertierender Jüngling. Ich wand mich auf meinem Stuhl. Die Schwester ging durch die Tür hinaus, ließ sie offen, und als sie im Korridor verschwunden war, kam Kim ins Zimmer. Ich kreuzte ein Bein über das andere, legte die Hände in den Schoß. Kim ging direkt zum Bett und sah Iris an, wie sie dalag und schlief, den Kopf fest fixiert. Sie fing an zu weinen.

Meine Erektion hatte sich gelegt, ich war wieder normal, und so stand ich auf, umarmte sie, tröstete sie und sagte, es sei nicht so schlimm, wie es aussehe. Daß es hätte schlimmer kommen können.

»Sie hätte tot sein können!« weinte Kim, und ich hielt sie im Arm und wiegte sie sachte hin und her wie früher, wenn sie als Kind einen Alptraum gehabt oder zufällig etwas Schreckliches im Fernsehen gesehen hatte.

»Ja«, sagte ich. »Sie hätte tot sein können. Aber sie ist es nicht.«

Kim half mir, den Koffer auszupacken. Neben dem Bett stand ein Kleiderschrank, und in den hängten wir den Morgenmantel, die Strickjacke und die übrigen Kleider und stellten die Pantoffeln hinein. Die Bücher, den Walkman und die Schachtel Schokolade verteilten wir auf dem Nachttisch, und in die Schublade legten wir Seife, Zahnpasta, Zahnbürste und Haarbürste. Dann setzten wir uns jeder auf einen Stuhl zu beiden Seiten des Bettes.

Iris schlief. Die ältere Dame mit dem eingegipsten Arm war auch eingeschlafen, aber sie wachte auf, als Renée mit ihren hohen, breiten Absätzen hereingepoltert kam.

»Da ist sie!« rief die Dame. »Die Deutschenhure! Fangt sie, liebe Leute, und schneidet die Haare ab!«

»Worum handelt es sich?« fragte Renée und warf der Dame einen indignierten Blick zu, während sie an ihr vorbeipolterte.

Zu diesen Schuhen trug Renée einen aufsehenerregend kurzen engen Rock und eine enganliegende kleine Strickjacke. Das auf eine sorgfältig lockere Art hochgesteckte lange hennagefärbte Haar sollte schlampig und spontan wirken. Ihr Lippenstift war rosa und glänzte perlmuttfarben, der Lidschatten türkis, und über und unter den Augen trug sie dicke schwarze Striche. Ich hätte sie darauf hinweisen wollen, daß sie gefährlich lebte, wenn sie so gekleidet herumlief, sah aber ein, daß die Gelegenheit kaum die richtige war, deshalb sagte ich nichts, sondern umarmte auch sie.

Wenn ich zu dieser Zeit meine beiden Töchter miteinander verglich, kam es mir manchmal so vor, als wäre Kim noch nicht geschlechtsreif. Sie sandte jedenfalls nicht die Sorte Signale aus, die Männer dazu hätten bringen können, sich entweder um sie zu scharen oder den Blick abzuwenden und fieberhaft zu versuchen, an etwas anderes zu denken. Sie trug durchweg sackförmige Jeans und viel zu große Herrenmäntel, die sie in Secondhandläden oder in militärischen Überschußlagern kaufte, dazu fußgerechte Schuhe mit Kreppsohle. Sie trug das Haar kurz, war selten geschminkt. Manchmal schwebte mir vor, sie könne lesbisch sein, doch das war ein unangenehmer Gedanke, den ich sofort wegschob. Bei einer Gelegenheit vertraute ich mich allerdings Scilla an und sagte, manchmal sei ich der Meinung, meine ältere Tochter sei homosexuell, und ich würde verzweifeln, wenn es so wäre.

»Warum denn?« fragte Scilla und klang aufrichtig erstaunt.

»Weil es dann meine Schuld sein muß«, antwortete ich.

Da brach Scilla in Lachen aus. Ich fühlte mich plötzlich unsicher. »Aber es kann natürlich auch Iris' Schuld sein«, sagte ich. »Sie war ja nicht soviel zu Hause, als die Mädchen klein waren.«

Das brachte Scilla noch mehr zum Lachen, sie lachte, bis sie weinte, und ich begriff nicht, was daran so lustig war, aber ich wagte nicht zu fragen, und so ließ ich sie einfach lachen, und als sie fertig gelacht hatte, schneuzte sie sich, und danach war sie wieder wie gewöhnlich. Wir berührten das Thema nicht noch einmal.

»Igitt!« sagte die alte Dame. »Jetzt fummelt er mit dieser Schlampe am Sterbebett seiner Frau herum! Und ich hab geglaubt, er wär ein anständiger Kerl! Pfui!«

Sie simulierte ein Spucken in unsere Richtung. Ich ließ Renée los, aber nur, weil ich über ihre Schulter hinweg sah, daß Iris versuchte, sich zu bewegen, und daß sie die Augen aufmachte.

»Oh ...!« sagte sie und lächelte ein wenig. »Welch eine Aufwartung!«

Wir blieben ziemlich lange, eine ganze Weile in den Abend hinein. Es war tatsächlich richtig gemütlich, dort um Iris' Bett zu sitzen. Die ganze Familie war versammelt und gleichsam vereint. Kurze Zeit hatte ich sogar die Idee, daß Iris' Unfall einen neuen Anfang für sie und mich bedeutete. Aber schon als wir Tschüs! gesagt hatten und Wir sehen uns morgen! und ich sie zum Abschied auf die Stirn geküßt hatte und Kim und Renée und ich auf dem Weg aus der Abteilung waren, begriff ich, daß der Grund dafür, daß ich sie plötzlich erträglich fand, der war, daß ihr Kopf fixiert war, daß sie ans Bett gefesselt und damit unschädlich gemacht worden war.

Die Abteilung, in die Iris eingeliefert war, lag im obersten Stock, dem fünften. Wir nahmen den Lift nach unten. Renée starrte im Spiegel ihr eigenes Bild an und nutzte die Gelegenheit, eine neue Schicht glänzenden rosa Lippenstift aufzutragen. Kim stand breitbeinig da, die Hände tief in den Hosentaschen. Ich ertrug in diesem Augenblick den Anblick von keiner von beiden, deshalb drehte ich ihnen den Rücken zu und fixierte den Blick über der Tür auf eine Reihe von Ziffern, die eine nach der anderen von innen aufleuchteten, wenn wir die entsprechenden Stockwerke passierten: sechs, fünf, vier, drei. Als die Drei leuchtete, machte es Pling, worauf der Lift stehenblieb und die Türen auseinanderglitten. Durch die Öffnung kam Scilla herein.

Da es in diesem Moment nichts gab, was darauf hinwies oder andeutete, daß Kim und Renée meine Töchter oder auch nur bekannt mit mir waren, oder miteinander – ich stand ja mit dem Rücken zu den beiden, und Renée kommunizierte nur mit ihrem eigenen Spiegelbild, und wo Kims Gedanken waren, konnte man nicht einmal ahnen –, gab es selbstverständlich keinen Grund für Scilla, so zu tun, als kenne sie mich nicht.

»Georg?« sagte sie. »Was machst du hier?«

»Eh ...« Ich räusperte mich. »Meine Frau hatte einen Unfall.«

»O je! Ist es ernst?«

Klang sie hoffnungsvoll? Klang sie nachgerade triumphierend? Oder bildete ich mir das nur ein?

»Nicht besonders ernst«, antwortete ich. »Oder doch, natürlich ist es ernst, aber nicht lebensgefährlich oder so. Das hier sind übrigens meine Töchter. Kim und Renée. Und das hier, Mädchen, ist ...«

»Connie«, beeilte sich Scilla zu sagen. »Ich hab einmal im Büro eures Vaters ausgeholfen. Als Putzfrau. In einem Sommer vor mehreren Jahren. Wann war das noch mal, Georg?«

»Ich weiß nicht mehr genau«, sagte ich. »So fünfzehn Jahre ungefähr.«

Keines der Mädchen würde auch nur versuchen, sich an eine Sommeraushilfe von vor fünfzehn Jahren zu erinnern. Renée war damals nicht einmal geboren.

»Aber was machst du hier ... Connie?« fragte ich

Scilla, und da machte es wieder Pling, und die Lifttüren glitten auseinander, und wir waren im Erdgeschoß.

Sie ging hinaus, und die Mädchen folgten, und wir gingen zum Ausgang, zum Parkplatz, zum Auto, und ich wartete auf eine Antwort auf meine Frage, doch es kam keine.

»Kann ich dich irgendwo hinfahren?« sagte ich.

»Danke, gern«, sagte Scilla.

Ich nahm die Autoschlüssel heraus, schloß auf.

»Kann ich ne Übungsfahrt machen?« sagte Kim.

»Reicht nicht *ein* zerquetschtes Auto?« sagte Renée.

»Also, hör mal ...!« begann Kim.

»Streitet nicht!« sagte ich. »Das ist nicht der Moment dafür. Und es ist auch nicht der Moment für Übungsfahrten.« Ich sah Kim in die Augen. »Ein andermal«, fügte ich hinzu.

»Okay«, sagte sie. »Ich verstehe.« Und dann hob sie die Hand und streichelte mir federleicht über die Wange, und wäre ich ein normaler Vater gewesen, ein normaler Mensch, dann wäre ich froh und dankbar und vielleicht ein bißchen gerührt gewesen wegen der Geste, aber das war ich nicht, ich war statt dessen mißtrauisch. Ich hoffe, sie hat es nicht gemerkt.

Die Mädchen setzten sich in den Fond, Scilla und ich nach vorn. Ich startete den Motor, stellte Heizung und Gebläse an. Es hatte geregnet, und so ließ ich die Scheibenwischer ein paarmal über die Windschutzscheibe fahren.

»Wohin willst du?« fragte ich Scilla.

»Nach Hause.«

Ich legte den Rückwärtsgang ein und setzte zurück.

Als wir das Krankenhausgelände verlassen hatten,

fuhr ich automatisch auf die Gegend zu, in der Scilla wohnte.

»Georg«, sagte sie. »Du weißt nicht, wo ich wohne.«

»Mein Gott!« sagte ich und war nahe an einer Vollbremsung, obwohl ich grünes Licht vor mir und Verkehr dicht hinter mir hatte, aber es gelang mir, meinen Impuls zu unterdrücken.

»Ich wohne nicht mehr da, wo ich vor fünfzehn Jahren gewohnt habe«, fuhr Scilla fort. »Wir wohnen in Klagshamn, ich und mein Mann und unsere beiden kleinen Jungen«

»Aha ...?« sagte ich. »Und warum?«

»Was hast du gegen Klagshamn?« fragte sie.

»Nee, ich hab nichts dagegen«, antwortete ich. »Es liegt vielleicht ein bißchen weit weg von der Stadt.«

»Nicht viel weiter weg als Bunkeflostrand«, sagte sie.

»Nee, ist klar«, sagte ich, und jetzt begriff ich, was sie erreichen wollte: Ich sollte vorschlagen, daß wir zuerst die Mädchen absetzten, weil wir auf dem Weg nach Klagshamn sowieso an Bunkeflostrand vorbeikämen. Aber unter den gegebenen Umständen fand ich es direkt unangebracht, wir beide allein im Auto. Deshalb fühlte ich mich genötigt, bis raus nach Klagshamn zufahren, die Mädchen wie zwei sichere Bremsklötze im Fond, und es war nicht zu ändern, aber Scilla würde ihrerseits genötigt sein, eine Adresse zu erfinden, wo ich sie absetzen und dann umdrehen und nach Hause fahren konnte. Aber Renée verdarb mir das.

»Du kannst uns doch zuerst nach Hause fahren«, sagte sie. »Dann können wir Akte X von Anfang an sehen.«

»Tja, ich weiß nicht«, sagte ich. »Connie ist vielleicht in Eile.«

»Absolut nicht«, sagte Scilla. »Fahr du die Mädchen zuerst nach Hause.«

»Super«, sagte Renée.

»Okay«, brummelte ich. »Dann machen wir das so.«

Als ich einen schnellen Blick auf Scilla warf, hatte sie die Augen geschlossen und sah zufrieden aus, satt und selbstzufrieden, ein bißchen wie eine Katze im Grunde. Du Flittchen, dachte ich. Warte nur ...!

Und ich spürte, wie er in der Hose anschwoll.

Ich setzte also die Mädchen zu Hause ab, fuhr dann wieder aus unserem Wohngebiet hinaus und bog nach Süden in den Klaghamnsvägen ein.

»Hör mal, ich bin nicht wirklich umgezogen«, sagte Scilla.

»Ich weiß«, sagte ich.

»Und willst du mich nicht nach Hause fahren?« sagte sie.

»Nee, ich bin doch allergisch, erinnerst du dich nicht?«

»Und was bringt dich auf den Gedanken, ich hätte vorgehabt, dich mit nach oben zu bitten?« fragte sie, und ich antwortete »Du«, und sie lachte auf. Ein weiches Lachen, so ein zärtliches.

Ich fuhr den ganzen Weg bis nach Klagshamn, bis raus zum Badeplatz, blieb auf dem Parkplatz stehen.

Ich habe einen Kombi, die Rücksitzlehne läßt sich umklappen, so daß man liegen kann. Es ist beinah wie ein Doppelbett. Sie stand vor dem Auto, in dem nassen Kies auf dem Parkplatz, und sah zu, während ich alles da drinnen herrichtete. Es war mild draußen, trocken, sternenklar. Sie trug Rot und Schwarz. Roter Rock. Schwarze Strumpfhose, schwarze Schuhe und eine schwarze Lederjacke, die rauschte, wenn sie sich bewegte. Und auch das Meer rauschte, wenn auch schwächer, und von der Stadt kam ein entferntes Dröhnen, und der Himmel da über uns war von einem orangerosa Schein erleuchtet. Sonst war es dunkel und still.

Als ich die Lehne umgeklappt hatte, kroch sie auf allen vieren herein, und noch während sie kroch, schob ich den roten Rock hoch und zog die Strumpfhose herunter. Zuerst glaubte ich, sie sei nackt darunter, sie habe keinen Slip an. Sie hielt still, auf die Ellenbogen gestützt. Ich streichelte ihre Hinterbacken und hörte, wie sie atmete, hörte an ihrer Art zu atmen, daß sie es schön fand. Und jetzt sah ich den sogenannten String des Tangas, die Schnur, deren einzige Aufgabe es ist, die Hinterbacken zu teilen. Ich sah den String, wo er in ein kleines dreieckiges Stück Stoff am letzten Rückenwirbel mündete, ein Stoffstück, das am Bund festgenäht war. Der Tanga war hautfarben, deshalb hatte ich ihn nicht sofort gesehen, und während ich sie mit einer Hand weiter streichelte, zog ich mit der anderen leicht am Bund, zog ihn am Rücken hoch, wodurch der String zwischen die Hinterbacken gepresst wurde und schabte.

»Mach weiter«, sagte sie, und da war diese dunkle, langsame Stimme: »Mach weiter«, und da durchfuhr wieder so ein Schauer meinen Körper, der Art, wie ich ihn empfunden hatte, als ich den lavendelblauen Slip der jungen Krankenschwester unter dem weißen Kittel betrachtete, aber diesmal fuhr der Schauer rauf in den

Kopf und dann irgendwie in die Hände, und die Hand, die Scilla streichelte, zuckte unter dem plötzlichen, unkontrollierten Bedürfnis zuzuschlagen, und ich hob die Hand, um zuzuschlagen, doch da legte sie sich plötzlich seitlich hin und sah zu mir auf, und ich verlor den Faden. Ich streckte die Hand immer noch in die Höhe, und sie sah es. Sie sah die Hand und nahm sie, führte sie an ihre Lippen und küßte sie.

Danach. Ich lag da, das Gesicht in ihre Achselhöhle geschmiegt, und sie hielt den Arm um meinen Kopf, fast als wollte sie mich vor etwas schützen. Ich fragte mich, wie spät es war, wieviel Zeit vergangen war, ob zu Hause im Fernseher noch immer Akte X lief, ob Kim und Renée fanden, daß ich zu lange wegblieb, und ob ich mir eine Erklärung ausdenken mußte. Dann dachte ich an Iris im Krankenbett, und da sagte ich zu Scilla: »Was hast du da gemacht?«

»Wo?«

»Im Krankenhaus?«

»Ich arbeite da«, antwortete sie.

»*Arbeitest?*« sagte ich. Aus irgendeinem Grund wirkte es unwahrscheinlich, daß Scilla einer Arbeit nachgehen könnte. Daß sie Pflichten haben sollte. Ein Einkommen. Arbeitskollegen. Ich glaubte ihr nicht.

»Ich bin Hilfsschwester«, fügte sie hinzu. »Eigentlich arbeite ich nachts. Ne halbe Stelle. Aber manchmal springe ich zusätzlich tagsüber ein.«

»Aha«, sagte ich, denn ich wußte nicht, was ich sagen sollte. Oder glauben. Ich fühlte mich reingelegt. Das war das einzige, was ich wußte.

Wir zogen uns an, und ich klappte die Rücksitzlehne wieder hoch. Dann fuhr ich sie nach Hause. Ich nahm den anderen Weg zurück zur Stadt, über die Autobahn, und als ich sie abgesetzt und darauf gewartet hatte, daß sie das Haus betrat, zündete ich mir eine Zigarette an und fuhr los.

Der Uhr auf der Instrumententafel zufolge war eine knappe Stunde vergangen, seit ich Kim und Renée zu Hause abgesetzt hatte.

Wie soll ich diese Stunde erklären? dachte ich.

Ich nahm den Weg am Möllevangstorget vorbei, fand eine Dreißig-Minuten-Parkuhr, stellte das Auto dort ab. Ging in eine der Telefonzellen auf dem Platz, wählte die Nummer von zu Hause. Niemand ging dran, ich ließ es sicher zwölf-, dreizehnmal klingeln, aber keiner hob den Hörer ab. Was ist jetzt passiert? dachte ich und hatte das Gefühl, was es auch war, es war meine Schuld, denn ich war nicht dagewesen, war nicht dort gewesen, wo ich hätte sein sollen. Ich legte auf und rief statt dessen im Krankenhaus an, die Station, wo Iris lag.

Sie schlafe, sagte die Nachtschwester. Die Lage sei unter Kontrolle, alles sei gut, ich brauchte mir keine Sorgen zu machen.

Ich legte auf. Rief wieder zu Hause an. Diesmal wurde der Hörer hochgerissen, noch ehe das erste Signal verklungen war. Es war Renée.

»Hier ist Papa«, sagte ich. »Ich hab mir etwas Sorgen gemacht, ich ...«

»*Sorgen?* Du, wir sind keine Kleinkinder mehr, wir kommen wirklich ganz gut allein zurecht.«

»Ich weiß«, sagte ich. »So war das nicht gemeint. Ich hab nur vorhin angerufen, um zu sagen, ich bin unterwegs. Ich war ja ein bißchen spät dran, und ich wollte nicht, daß *ihr* euch Sorgen macht. Aber da hat niemand abgehoben, und da hab *ich* mir Sorgen gemacht.«

»Wir waren beschäftigt«, sagte Renée. »Du hast genau am Ende von Akte X angerufen.«

»Aha, ich verstehe«, sagte ich. »Aber ich komme jetzt. Soll ich vielleicht ein paar Bonbons mitbringen?«

»Ich faste«, antwortete sie. »Aber vielleicht will Kim welche.«

Wir legten auf. Ich ging über den Platz zu einem der Läden, die nachts offen haben. Kaufte ein paar hundert Gramm gemischte Bonbons und eine Abendzeitung.

Die Ferieninsel

Die Bougainvillea blüht. Orange, kirschrot, violett. Die Blätter schließen sich wie Schamlippen um die Staubgefäße. Oder sind es die Stempel?

Am Tag reiben die Menschen ihre Körper mit Sonnenöl ein. Sie riechen nach Kokos, Nivea und Delial. Die Strandverkäufer stiefeln zwischen Paaren und Familien mit Kindern umher, wirbeln Wolken von Sand über ihre glänzenden Körper, rufen: »Donuts, Cola, Fanta, Birra! Donuts, Cola, Fanta, Birra!« wieder und immer wieder, von morgens bis abends, jeden Tag, vor und zurück über die Playa. Und nachts zirpen die Zikaden. Oder sind es die Telefonleitungen?

Ich bin in einem fremden Land, an einem fremden Meer, auf einer fremden Insel. Ich habe Ferien, habe Freizeit. Bin hier frei. Am Tag kann ich das Meer im Südwesten oder die Berge im Nordosten betrachten. Nachts sieht man die Berge nicht. Das Meer auch nicht. Nachts schläft die Bougainvillea, und die Zikaden zirpen mit den Telefonleitungen um die Wette. Die Menschen versammeln sich dann in den Bars und Restaurants.

Ich bin still hier, spreche mit niemandem, mit keinem Menschen, mit keinem Lebenden. Ich notiere nur. Meine Sprache ist die Schriftsprache. Die Sprechsprache ist nicht meine. Die Sprechsprache ist ein Idiom, in dem ich Phrasen leiere, die ich auswendig gelernt habe. Wie aus einem Reisesprachführer.

Diese Insel hier hat keine eigene Sprache. Diese Insel hier hat keine überlebenden Ureinwohner, nur einen spanischen Dialekt. Diese Insel hier sucht nach sich selbst, ohne es selbst zu begreifen, genau wie eine Katze ihren eigenen Schwanz jagt, in dem Glauben, es sei der einer anderen. Diese Insel hier spricht die Sprache eines anderen, in dem Glauben, es sei ihre eigene. Ich bin Touristin hier, auf einer Insel, die sich selbst ebenso fremd scheint wie mir.

Ich habe das Meer links von mir, die Berge rechts. Hinter mir gelassen habe ich die Playa, das Sonnenöl, die Verkäufer, die Bars und die Familien mit Kindern. Die Wolken liegen schwer und grau zwischen den Bergen. Den schneebedeckten Gipfel des Vulkans sieht man heute nicht, er verbirgt sich in einer Wolke. Hier unten an der Küste ist es klar bis leicht bedeckt. Kein Regen, ich bin dankbar dafür. Dankbar auch für die Beine, die mich tragen, die mich forttragen, entlang der Küste, über Kieswege, Felsabsätze, vorbei an halbfertigen Hotelbauten: braune Skelette, durch die man hindurchsehen kann. Man sieht die Berge durch die Hotelskelette. Man sieht eingezäunte Bananenplantagen, Kieshaufen, Schrotthaufen. Eine kleine Kirche, eine verrammelte Bar, einen verlassenen Wohnwagen, ein Autowrack unten am Strand – ein kleiner Steinstrand, menschenleer. Ich gehe langsamer, klettre auf einen Felsen, bin jetzt oben. Bleibe hier. Setze mich hin. Ziehe Schuhe und Strümpfe aus. Hänge die Strümpfe über die Schuhe, sie sind verschwitzt und müssen gelüftet werden. Ich streife den Rucksack ab, nehme die Wasserflasche heraus, schraube den Korken ab. Trinke. Dann gucke ich aufs Meer.

Der Felsen springt zwischen dem öden Steinstrand und einem stark belebten Sandstrand hervor. Ich esse hier oben zu Mittag. Der Sandstrand ist angelegt, der Stein ist natürlich, das Mittagessen besteht aus Weißbrot, Bananen und Schokoladenkeksen. Das Meer ist korallenblau. Die Wellen schäumen, wenn sie sich an dem Felsen, auf dem ich sitze, brechen. Aber die Gischt kommt nicht bis hier herauf, ich bin hier sicher. Solange ich nicht auf lose Steine trete. Oder stolpere.

Mental bereite ich mich auf eine Reise in die Berge vor. Ich will die Insel von der Mitte, vom Vulkan aus sehen. Ich will die Insel von hoch oben sehen, denn ich habe eine Höhenangst zu besiegen.

Ich beende mein Mittagessen, nehme meinen Notizblock heraus und warte auf die Worte. Sie kommen nicht zu mir. Sie kommen nicht aus mir.

Ich warte. Und zu mir kommen die Erinnerungen. Die Erinnerungen an andere Reisen in andere Länder, lange Reisen vor langer Zeit. Sie spulen ab wie der Nachspann bei einem Film. Spulen ab wie ein unendlicher Strom von Worten. Aber sie spulen zu schnell, als daß ich alle Worte lesen könnte, es gelingt mir nur, hier und da Fragmente einzufangen, halbe Sätze, Teile von Namen. Namen von Menschen, Namen von Orten. Einen Namen aber vollständig. Ich packe ihn, halte ihn fest, gucke ihn an. Lese ihn wieder und wieder, bis es mir gelingt, das Bild eines Menschen hervorzurufen. Dann denke ich, ich will an diesen Menschen schreiben, und ich richte meinen Blick intensiv auf das korallenblaue Meer, auf den abspulenden Nachspann, um zu sehen, ob ich dort seine Adresse finden, ob ich ihn mir ins Gedächtnis rufen kann. Aber ich finde die Adresse nicht, kann mich nicht an sie erinnern, nicht als ganze, nur Teile von ihr.

Ich frage mich, warum die Menschen angefangen haben, die Zeit zu messen. Ich weiß, wann, frage mich nur, warum. Ich selbst zähle meine Tage, meine Ferientage. Sie beginnen bei eins und enden bei sieben. Ich zähle sie, weil ich ein Heimreisedatum habe, das ich nicht verpassen darf. Ich darf die Heimreise nicht verpassen.

Der Name dieser Insel bedeutet in der Sprache der Ureinwohner Hölleninsel. Die Forscher glauben, der Name komme daher, daß es eine Vulkaninsel ist. Ich glaube, was ich will.

Die Einwohner dieser Insel, die, die vor langer Zeit hierhergekommen sind, die die Insel in Anspruch genommen und zu der ihren gemacht haben, die, die jetzt hier leben, die haben hier ein Paradies angelegt. Ein Paradies für Menschen mit Freizeit.

Diese Insel hier ist ohne Schuld. Die Ureinwohner dieser Insel hier sind ohne Schuld. Ich frage mich, ob sie getötet wurden. Oder ob sie ausgestorben sind.

Die Sprache der Ureinwohner war keine Schriftsprache, nur eine Sprechsprache. Vielleicht sind sie deshalb gestorben – oder ausgestorben. Vielleicht ist es gefährlich, ohne Schrift, ohne Zeichen zu leben. Vielleicht ist es unmöglich zu überleben, wenn man nicht etwas hinterläßt, wenn man stirbt. Eine Schrift, ein Wort, ein Zeichen. Zeichen, in Stein geritzt, dehnen sich nach vorn aus, erstrecken sich in die Zukunft, können in die Ewigkeit reichen, als Grüße aus einer Zeit an eine andere. Aber Worte, in die Luft geschrieben, sterben, wenn sie verstummen, und Menschen ohne Zeichen sterben aus, wenn sie zum Schweigen gebracht werden. Die Ureinwohner auf dieser Insel hier wurden zum Schweigen gebracht. Oder sind verstummt, aus reinem Protest. Das einzige, was sie hinterlassen haben, ist diese Insel.

Ich schreibe diesen Brief, den Brief an eine Frau, an deren Namen ich mich vollständig erinnere, deren Bild ich hervorrufen konnte. Ich schreibe, daß ich nicht weiß, warum ich schreibe, schreibe, daß ich annehme, daß ich mich in der Zeit nach hinten ausdehnen, in die Vergangenheit ausstrecken will, nach etwas, das es dort noch gibt. Nicht um es zurückzuholen, nicht um mich daran festzuhalten, nur um es zu berühren, ganz leicht. Und mich dann wieder nach vorn zu bewegen. Das schreibe ich, allerdings auf englisch. Es ist ein schönes Gefühl, Englisch ist eine angenehme Sprache, um etwas zu formulieren.

Als ich den Brief fertig geschrieben habe, lese ich ihn mir selbst vor, mehrere Male. Forme den Mund um die Worte, schließe die Lippen um sie, streichle sie mit der Zunge: »I guess I want to reach back in time, for something that's left there. Not to have it back, not to hold on to it, only to touch it, lightly. And then move forward again.« Ich lese dieselben Zeilen wieder und wieder, den ganzen Abend, die halbe Nacht, bis ich einschlafe. Dann fange ich an zu träumen, und ich träume ein Stück aus dem abspulenden Nachspann, ich träume eine Erinnerung. Eine Erinnerung an ein anderes Land, ein anderes Meer, eine andere Insel. Ein anderes Dezennium. Java Ende der siebziger Jahre. Ein Restaurant. Die Wände sind kahl und graubraun. Rauchgefärbt. Verfärbt. Die Decke ist hoch, und von der Decke hängen Glühbirnen an langen Schnüren, eine Lampe über jedem Tisch und über jeder Birne ein trichterförmiger Lampenschirm aus unbemaltem Blech. Auf den

Tischen stehen kleine verbeulte Aschenbecher, auch sie aus Blech. Das Restaurant liegt in einem Bergdorf, einem schwefelriechenden Bergdorf am Fuß eines Vulkans, des großen Vulkans auf Java, der, glaube ich, Mount Bromo heißt. Das Klima hier oben in den Bergen ist sehr kühl. Das Dorf liegt in einem kalten grauweißen Nebel, das Restaurant ist verräuchert. Wir befinden uns in einer Wolke.

Wir sind heute angekommen, beide, aber zu verschiedenen Zeitpunkten. Wir haben uns noch nie gesehen, hier im Restaurant begegnen wir uns zum ersten Mal. Wir sind wegen des Vulkans gekommen, wir wollen ihn am nächsten Tag besteigen. Wir beschließen, das gemeinsam zu tun.

Sie ist aus Deutschland, aber noch heißt es Westdeutschland, denn es ist, wie gesagt, in den siebziger Jahren, in den neunzehnhundertsiebziger Jahren, als ethnische Säuberung, Konzentrationslager und Massenhinrichtungen noch etwas sind, das zur Vergangenheit gehört, zumindest in Europa, und sie ist also aus Westdeutschland, da ein ungeteiltes Deutschland auch etwas ist, das noch zur Vergangenheit gehört.

Ich nenne sie Helga, aber so heißt sie nicht, sie heißt Hildegard, aber ich verhöre mich, als sie sich vorstellt, und mache daraus Helga.

»Nicht Helga«, sagt sie, wenn auch auf englisch: »Not Helga. My name is Hildegard.«

»Verzeihung«, sage ich. »I beg your pardon. Ich hab mich verhört.«

»Das macht nichts«, sagt sie. »Du kannst mich gern Helga nennen.«

Ich selbst stelle mich als Rut vor, und sofort fragt sie, ob ich Jüdin bin, worauf ich sehr wachsam werde, beinah ängstlich. Sie ist ja Deutsche, und ich habe Vorurteile gegenüber Deutschen, glaube, daß sie böse Menschen sind, seien sie nun schuldig oder unschuldig und seien sie nun vor oder nach dem Zweiten Weltkrieg geboren. Helga ist ohne Zweifel danach geboren, vielleicht Mitte der fünfziger Jahre, aber ich werde dennoch wachsam und wage ihre Frage nicht zu beantworten, obwohl ich nicht einmal Jüdin bin, also sitze ich ihr nur unter dem scharfen Schein der Blechlampe gegenüber und bereue, daß ich mich als Rut vorgestellt habe.

»Ich bin Jüdin«, sagt Helga, als ich ihre Frage nicht beantworte, und sofort spüre ich, daß ich mich entspannen kann, spüre, daß sie auf meiner Seite ist, deshalb sage ich, wie es ist.

»Ich bin keine Jüdin«, sage ich. »Ich heiße nicht mal Rut.«

»Wie heißt du denn?«

Ich zögere einen Augenblick, dann sage ich: »Ich heiße Rutschkaja.«

»Was?« sagt Helga.

»Rutschkaja«, wiederhole ich.

»Was ist das für ein Name? Ist der russisch? Ist deine Familie aus Rußland?«

»Er ist nicht russisch«, sage ich. »Und meine Familie ist nicht aus Rußland. Ich habe keine Ahnung, warum ich Rutschkaja heiße. Es ist einfach so.«

Das ist nicht wahr, es ist nicht wahr, daß es einfach so ist, denn nichts, was Menschen schaffen, kann »einfach so« sein. Alles, worauf Menschen kommen, hat eine Ursache, eine Erklärung und eine Absicht. Auch Namen. Vielleicht besonders Namen. Aber die Sache mit dem Namen Rutschkaja kann ich nicht erklären, er ist mir einfach rausgerutscht, ich weiß nicht, warum, es kam einfach so, und deshalb sage ich, es ist einfach so. Und Helga begnügt sich damit.

Nachdem wir uns jetzt darüber verständigt haben, wie wir einander nennen wollen, können wir anfangen, über den Grund dafür zu reden, daß wir in diesem verrauchten Restaurant in diesem kühlen, nebelumhüllten Bergdorf auf dieser ansonsten tropischen und meistens sonnigen Insel sitzen. Wir können jetzt anfangen, über den Grund zu reden, warum wir uns in einer Wolke am Fuß eines Vulkans befinden. Aber gerade, als wir anfangen wollen, darüber zu reden, wache ich auf aus dem Traum. Es ist Morgen.

Ich zerreiße den Brief, den ich gestern abend geschrieben habe, reiße ihn in klitzekleine Fetzen und spüle ihn die Toilette hinunter. Dann wasche ich mich, ziehe mich an und gehe raus, gehe runter an den Strand, denn jetzt will ich reden, mit den Menschen reden, die am Tag ihre Körper einreiben und die sich abends in den Bars und Restaurants versammeln. Mit ihnen will ich Englisch reden. Wie ein Tourist.

Ich lege mich in die Sonne und gucke die Menschen an, die lebenden Menschen, die, die miteinander leben: die Paare und die Familien mit Kindern. Ich liege den ganzen Tag in der Sonne und gucke sie an, gucke sie an, wenn sie spielen und schmusen, lesen und plaudern, baden und sich wieder und wieder einreiben, und um sie riecht es nach Sonnenöl, und der Sand bleibt an ihren öligen Körpern kleben, wenn die Strandverkäufer vorbeifegen. Und sie kaufen Donuts, Cola, Fanta, Bier, und sie trinken und essen, und ich gucke und gucke. Aber rede nicht. Es ist, als ob der

Abstand zwischen mir und den Menschen größer würde, je länger ich sie angucke. Es ist, als würden sie kleiner und unwirklich.

Spät am Nachmittag nehme ich meinen Block heraus, fange an zu notieren.

Ein neuer Tag, ein neuer Morgen. Ich gehe raus, stelle mich an die Bushaltestelle, warte. Steige in den ersten Bus, der kommt, kümmere mich nicht darum, wohin er fährt. Ich muß hier nur wegkommen, weg von den Playas, den Verkäufern, den Familien.

Der Bus bringt mich voran, nach oben, schmale gewundene Straßen durch die Berge, durch Dörfer und Städte. Wir halten in jedem Dorf, in jeder Stadt, und die Menschen steigen ein und steigen aus. Die Dörfer und Städte sind weiß, die Berghänge und die Terrassenkulturen grün. Hier ist es frisch, saftig. Die Wolken liegen tief hier oben. Das Meer ist weit weg, dort unten. Hibiskus blüht wild am Straßenrand.

Ich habe einen Hibiskus zu Hause. Er blüht nie. Er kommt nie dazu, auszuschlagen. Er bekommt manchmal Knospen, Knospen, die reifen und anschwellen. Aber wenn eine Knospe kurz vor dem Blühen ist und gerade aufbrechen will, ist eine der Katzen da und schlägt sie mit einer ihrer Pfoten ab und jagt sie über das Parkett, fängt sie mit der Schnauze, wirft sie mit einer schnellen Kopfbewegung in die Luft und schlägt sie mit der Pfote weg, jagt und fängt sie wieder und trägt sie dann in der Schnauze herum, den Schwanz voller Stolz hoch aufgerichtet, als wären diese Knospen wirklich schwer zu fangende Wühlmäuse oder Mäuse, und läuft schließlich mit der Knospe in die Küche, legt sie neben eine der Futterschalen, frißt den Inhalt der

Schale auf und beendet das Ganze, indem sie die Knospe in die geleerte Schale legt und dann weggeht.

Der Bus bringt mich zur Inselhauptstadt. Ich steige aus und in einen anderen Bus, komme in eine andere Stadt, steige wieder um. Und wieder und wieder und wieder. Ich hoffe, ich finde den richtigen Bus, den, der zur Inselmitte fährt. Zum Vulkan mit der Aussicht über die ganze Insel. Aber ich finde nicht den richtigen Bus, komme nicht zur Mitte. Ich fahre statt dessen um die Insel herum. Ich kreise sie ein. Nicht die Insel sucht nach sich selbst, sondern ich. Aber ich finde mich nicht. Es scheint mich hier nicht zu geben. Ich fahre nur im Kreis herum, es ist nur dieser Kreis, den ich finde, und es dauert einen Tag, ihn zu umrunden. Es dauert den ganzen Tag. Es dauert zwölf Stunden. Am Abend komme ich zurück zu den Playas mit den Bars und den Restaurants.

Ich habe meine Zeit gemessen, meine Freizeit. Ich habe meine Ferientage gezählt. Ich habe sie verbucht, sie aufgezeichnet, genau darauf geachtet, sie einzufangen und in meiner Sprache festzuhalten. Sie zu dokumentieren. Damit nichts verlorengeht, so daß ich bestimmt nicht aussterbe nach meinem Tod. Ich habe jetzt sechs Tage eingefangen. Sechs Tage in diesem Land, an diesem Meer, auf dieser Insel. Sechs Tage Freizeit. Morgen fliege ich nach Hause.

Gestern abend war ich draußen und bin unten am Meer gelaufen, während die Sonne unterging. Ich lief die Strandpromenade entlang, lief, so schnell ich konnte, damit ich wieder zurück im Hotel war, wenn die Sonne unterging. Ich lief so schnell, daß ich ein paar weitere Fragmente von dem rasch abspulenden

Nachspann einfangen konnte, den rasch abspulenden Erinnerungen an andere Reisen vor langer Zeit. Als ich nach dem Laufen zurückkam, schrieb ich eilig die Fragmente auf meinen Notizblock. So sehen sie aus:

Ich sammle das Allerwichtigste zusammen. Ein Buch, um darin zu lesen. Ein Buch, um hineinzuschreiben. Das Adreßbuch. Den Paß. Das Geld. Sonst noch etwas? Kleider selbstverständlich. Toilettenartikel. Handtuch. Sonst nichts.

Ich spreche eine neue Ansage auf den Anrufbeantworter. »Ich bin nicht zu Hause«, sage ich. »Ich bin weg, auf unbestimmte Zeit.«

Ich verlasse mein Zuhause. Die Topfpflanzen werden natürlich sterben, aber ich kann dann neue kaufen – danach, wenn die unbestimmte Zeit vorbei ist.

Ich fliehe. Das hier ist eigentlich keine Reise, es ist eine Flucht, oder eher: ein Fluchtversuch. Ich versuche, mich zu befreien. Wovon?

Von nichts. Einfach frei. Von allem.

Ich reise nicht, um etwas über fremde Länder zu lernen, sondern um zu lernen, wie es ist, ein Fremder zu sein. Wie es ist, als ein Fragment zu leben, als ein Teil, das aus seinem Zusammenhang gerissen ist. Wie es ist, als Gruß von einem Ort an einen anderen zu leben.

Wenn ich reise, bin ich nicht ich selbst. Ich werde jemand anders. Jemand, der vielleicht viel kleiner ist. Jemand, den es beinah nicht gibt. Vielleicht ist es das, wovor ich fliehe. Davor, jemand zu sein. Davor, daß es mich gibt.

Mikaela steht vor dem Fenster, ich liege noch im Bett. Es ist jetzt aus, hat sie gerade gesagt, es muß ein Ende haben. Es geht nicht mehr so weiter. »Ich glaube, Andreas merkt, daß ich jemanden treffe«, fährt sie fort. »Und ich will nicht, daß es so weit kommt, daß sein Verdacht auf dich fällt.«

»Aber ich *bin* es doch«, sage ich.

»Ach was, du weißt, was ich meine«, sagt sie. »Er betrachtet dich ja als einen unserer gemeinsamen Freunde. Seine ganze Welt bräche zusammen, wenn er es erführe. Ich kann ihm nicht so weh tun, das wäre nicht richtig. Wir müssen aufhören, uns so zu treffen. Es tut mir leid, Miranda.«

Sie sieht traurig aus. Sie guckt runter auf die Fensterbank, hebt die kleine Tonfigur, die dort steht, hoch und umfaßt sie mit beiden Händen, als versuchte sie, sie zu wärmen. Oder als glaubte sie, daß die Figur sie wärmen würde.

»Verzeih«, sagt sie.

»Das macht nichts«, sage ich.

»Bist du sicher?« sagt sie.

»Aber ja«, sage ich. »Wir können uns auf andere Weise treffen. Sex ist nicht alles.«

Sie stößt einen erleichterten Seufzer aus, stellt die Tonfigur wieder hin, geht vom Fenster weg, fängt an, ihre Kleider vom Boden aufzusammeln.

»Was ist denn das?« Sie hebt etwas auf, das beim ersten Anblick wie ein stark vergrößerter Bandwurm aussieht, doch das ist es nicht, es ist ein Kondom. »Bist du auch mit Männern zusammen?«

»Im Moment im Grunde nur mit einem«, antworte ich.

»*Nur?*« sagt sie.

»Ja. Eine Weile waren es zwei. Aber der eine ist allergisch. Ja, gegen Katzen, mein ich, nicht gegen mich.«

»Ist er besser als ich?«

»Besser? In was?«

»Ist er besser im Bett als ich?«

»Wir treffen uns ja nicht mehr«, antworte ich. »Er kann nicht herkommen, er kriegt dann Atemnot.«

»Und der andere?« sagt Mikaela. »Der, den du immer noch triffst. Ist er ein besserer Fick als ich?«

»Du weißt, wie er ist«, sage ich.

»Wie soll ich das wissen?« sagt sie.

»Weil du mit ihm zusammenlebst«, sage ich.

Mikaela starrt auf das Kondom, das sie zwischen Daumen und Zeigefinger hält. Sie sieht zweifelnd aus. Dann senkt sie die Hand, läßt das Kondom los, läßt es zu Boden fallen. Dann steht sie nur da, aufrecht, nackt und mit leeren Händen mitten im Zimmer.

»Du fickst Andreas ...« sagt sie langsam, beinah schleppend, und plötzlich muß ich an »Cabaret« denken, den Film. Ich denke an die Szene, wo Michael York Liza Minelli im Zorn anzischt: »*Go screw Maximilian!*«, und sie antwortet: »*I do*«, worauf Michael York nach kurzem verblüfften Schweigen sagt: »*So do I.*«

Ich lache auf bei der Erinnerung an den Film.

»Und was ist daran so lustig?« fragt Mikaela.

»Ich dachte nur an einen Film.«

»Einen Film?«

»Ja.«

»Das hier ist kein Film, Miranda«, sagt sie. »Das

hier ist die Wirklichkeit.«

»Und ich heiße nicht Miranda«, sage ich. »Nicht in Wirklichkeit.«

Mikaela verschränkt die Arme, schüttelt den Kopf. »Was machst du da?« sagt sie. »Ich kann verstehen, wenn du wütend bist, aber dann, finde ich, kannst du es mir sagen, damit wir darüber reden können, statt zu behaupten, es ist okay und macht dir nichts aus, und dann behandelst du mich wie einen Idioten.«

»Ich behandele dich nicht wie einen Idioten.«

»Was machst du dann?«

»Nichts«, antworte ich, und das ist wahr, ich versuche wirklich, nichts zu tun.

Mikaela seufzt: »Ich verstehe, daß du enttäuscht bist, Miranda, aber ...«

»Ich heiße nicht Miranda, hab ich doch gesagt«, aber da dreht sie mir den Rücken zu und hebt weiter ihre Kleider vom Boden auf. Und sie zieht sich an, ohne ein Wort zieht sie sich an, und ohne ein Wort öffnet sie die Schlafzimmertür, und die Katzen kommen herein, erst die eine, dann die andere, und sie springen zu mir ins Bett, und ich höre, daß Mikaela in den Flur hinausgeht, daß sie die Tür zum Treppenhaus aufmacht, die Tür hinter sich zuschlägt, die Treppen hinuntergeht.

Ich liege auf dem Rücken. Die eine Katze spielt mit meinem Haar, die andere versucht, an einer meiner Brustwarzen zu saugen. Es tut weh, sie hat zu scharfe Zähne, ich halte die eine Hand vor die Brust und streichle die Katze mit der anderen. Sie fängt an zu schnurren und kuschelt sich in meine Achselhöhle. Die andere Katze bekommt es bald satt, mit meinen Haarsträhnen zu spielen, und tappt zu der Kuhle, die sich in der Decke zwischen meinen Schenkeln gebildet hat, legt sich dorthin, fängt an, ihren Pelz zu lecken.

Ich gehe ins Atelier. Sitze auf dem Schemel mit einem Tonklumpen vor mir auf dem Modellierblock. Der, der Wand an Wand mit mir arbeitet, baut eine Art Installation. Er sägt Holz und Plexiglas. Bohrt und hämmert. Schleift. Und jemand anders spielt Musik. Ich höre nicht, aus welchem Raum sie kommt, und nicht, was für Musik es ist, spüre nur den Baßrhythmus durch die Wände und wie er sich in den Boden fortpflanzt und den Schemel hinauf, auf dem ich sitze. Und hinauf in den Modellierblock, in den Tonklumpen, und ich lege beide Hände auf den Tonklumpen und fühle der Musik den Puls, folge dem Sekundenzeiger auf dem Wecker, den ich inzwischen immer mithabe. In einer halben Minute zähle ich siebenundachtzig Schläge. Der Puls der Musik hat also einhundertvierundsiebzig Schläge pro Minute. Ich versuche, meinen eigenen Puls zu fühlen, presse zwei Fingerspitzen auf die Adern am Handgelenk und fange an zu zählen. Aber mein Puls mischt sich mit dem der Musik, ich fühle keinen Unterschied, alles ist eins, alles hat dieselbe Geschwindigkeit, denselben Takt. Ich kann nicht arbeiten in diesem Takt, es ist nicht meiner, er ist zu schnell. Ich springe vom Schemel, sammle mich. Meine Jacke. Meine Uhr. Gehe.

In die Kunsthalle komme ich nicht rein. *Geschlossen wegen Ausstellungsvorbereitung* steht auf den Zetteln, die mit Tesafilm an den Innenseiten der Glastüren im Entrée kleben. Die neue Ausstellung beginnt nächste Woche, und die vorige soll auf Tournee gehen, das habe ich in der Zeitung gelesen, aber ich habe geglaubt, ich würde es schaffen, sie noch einmal zu sehen. Aber ich muß mich im Datum verguckt haben. Oder es stand falsch in der Zeitung.

Ich rüttle an den Glastüren, denn ich will auf jeden Fall rein, ich will hinein und da drinnen einfach auf dem weißen Holzboden durch die hellen Säle gehen. Aber es nützt nichts, an den Türen zu rütteln, das einzige, was passiert, ist, daß jemand, der wie ein Handwerker aussieht, auf der anderen Seite der Tür erscheint und zu mir hin wedelt, als wäre ich eine Fliege oder so etwas.

Als ich nach Hause komme, liegt auf der Fußmatte ein Umschlag. Die Katzen haben die Ecken des Umschlags zerbissen. Das macht es leichter, ihn zu öffnen. Er enthält einen Brief von Mikaela.

Miranda!

Verzeih mir, Du Liebe! In meiner Einfalt habe ich geglaubt, Du würdest meine Situation irgendwie verstehen. Du würdest eine übermenschliche Fähigkeit besitzen, Dich in mein Leben einzufühlen. Mein Leben, das ich trotz allem mit Andreas lebe. Mit ihm zu leben habe ich mir ja ausgesucht. Wir gehören zueinander, er und ich. Und wie ich gesagt habe, verstehe ich es, wenn Du Dich enttäuscht fühlst, wenn ich jetzt erkenne, daß es zwischen Dir und mir beinah zu weit gegangen wäre. Das, was ein Spiel, ein Abenteuer sein sollte, kam mir allmählich so vor, als wäre es ernst. Beinah wie Liebe. Als gäbe es Dich und mich statt Andreas und mich.

Was ich damit sagen will, ist, daß ich Deine Reaktion gestern verstehe, daß Deine Enttäuschung, aber auch Dein Stolz – denn Du bist stolz, Miranda, stolz und stark, das ist es, was ich an Dir bewundere: Deine Integrität – daß Dein gekränkter Stolz Dich dazu getrieben hat, Dich zu rächen, indem Du versuchst, mich glauben zu lassen, daß Du auch mit Andreas zusammen warst.

Es tut mir leid, wenn es Dir so scheint, als hätte ich mit Deinen Gefühlen gespielt. Das war nie meine Absicht. Ich habe geglaubt, daß wir beide spielen.

Verzeih mir noch einmal.

Kuß, Mikaela

P.S. Ich will gern weiter mit Dir befreundet sein, wenn es geht. Du bedeutest mir so unglaublich viel.

Ich füttere die Katzen, lasse mich dann am Küchentisch nieder und schreibe eine Antwort:

Mikaela!

Du hast Dir nichts vorzuwerfen. Ich bin nicht böse, und ich bin nicht gekränkt. Aber mit einem hast Du recht: Ich habe nie mit Dir oder Deinen Gefühlen gespielt. Für mich war es ernst von Anfang an. Aber allein deshalb braucht es doch nicht Liebe zu sein?

Darüber hinaus stimmt, was ich gesagt habe, daß ich manchmal mit Andreas schlafe. Und zum letzten Mal: Ich heiße nicht Miranda. Das war nur der erste Name, der mir einfiel, damals beim ersten Mal, als wir uns gegenseitig vorgestellt haben, und ich fand, daß er und Eure Namen zusammenpaßten. Deshalb habe ich ihn gewählt.

Ich hoffe, wir verstehen einander jetzt besser. Und ja, ich will gern weiter mit Dir befreundet sein!

Kuß –

Ich zögere, als ich den Brief unterschreiben will, zögere vor dem Namen. Gucke hoch, auf den Wandkalender, auf das Datum von heute, lese den Namen darunter, und den für gestern, den für morgen und alle Namen des Monats, aber obwohl es inzwischen zwei Alternativen pro Datum gibt, finde ich nichts, das paßt, und nach einer Weile weiteren Zögerns schreibe ich meinen richtigen Namen hin, falte den Bogen Papier zusammen, schiebe ihn in einen Umschlag, auf den ich M. Nilsson schreibe, gehe runter in den zweiten Stock und stecke ihn in Mikaelas und Andreas' Briefeinwurf.

Mehrere Tage vergehen. Ich höre nichts von Mikaela. Sie steckt keine Briefe mehr in meinen Briefeinwurf, sie kommt nicht herauf und klingelt nicht an meiner Tür. Daß sie mich nicht anruft, ist nicht so merkwürdig, denn weder sie noch Andreas haben meine Telefonnummer bekommen. Und die Nummer ist geheim.

Ich gehe ins Atelier. Der Tonklumpen auf dem Modellierblock ist trocken geworden, die Oberfläche hat Risse. Ich glaube, der Ton ist hin. Aber ich spraye den Klumpen trotzdem mit Wasser aus einer Blumenspritze ein und wickle ihn in Plastik. Vielleicht ist er zu retten. Dann nehme ich einen neuen Tonklumpen, fange an zu kneten. Der Ton ist kalt und schwer und irgendwie leblos, er fühlt sich an wie das Fleisch eines toten Menschen. Aber ich wärme den Ton mit meinen Händen, mache ihn weich, geschmeidig. Forme eine Figur. Lasse sie werden, wie sie wird, während ich die Augen schließe und meine Hände gleichzeitig Werkzeug und Augen sein lasse. Ich werde ruhig.

Plötzlich, in diese Ruhe hinein, fängt mein nächster

Nachbar mit seiner Arbeit an. Er bohrt oder sägt oder schleift, ich höre nicht den Unterschied, höre nur, daß es eine Maschine ist, die ein hartes Material bearbeitet, Metall oder Stein.

Ich lasse die Figur auf dem Modellierblock stehen. Gehe wieder nach Hause. Schlafe auf dem Sofa ein.

Ich wache durch ein Klingeln auf. Ist es die Tür oder das Telefon? Ich öffne die Augen, das Zimmer ist dunkel, die Straßenlaternen brennen. Ihr orangefarbender Schein leuchtet ins Zimmer. Es klingelt noch einmal, und jetzt höre ich, es ist an der Tür .

Es ist Andreas, er sieht ernst aus, nicht wie sonst.

»Ich muß mit dir reden«, sagt er.

»Ach so, sie hat's erzählt«, sage ich.

»Ja, aber ich wußte nicht, daß sie ...«

»Ich verstehe es, wenn du wütend bist«, sage ich.

»Nein, nein«, er lacht auf, »das macht nichts, ich werde nicht wütend wegen einer Kleinigkeit. Nach einer so schwindelerregenden Nachricht ist es mir wirklich egal, wenn ihr beiden redet.«

Ich starre ihn an: »Redet? Warte mal ... Was hat sie dir eigentlich gesagt?«

Andreas sieht verwirrt aus, doch dann lächelt er: »Daß sie schwanger ist, ist doch klar!«

»Schwanger?«

Er sieht noch verwirrter aus: »Aber ... was hat sie denn dir gesagt?«

»Mir hat sie nur gesagt, daß es ein Ende haben muß und daß wir uns nicht mehr treffen können.«

Jetzt ist es Andreas, der mich anstarrt. »Aber Miranda«, sagt er. »Mikaela weiß doch nicht, daß wir uns treffen? Das hast du ihr doch nicht erzählt?«

»Doch. Aber es sieht nicht so aus, als ob sie es glaubt. Sie glaubt, daß ich lüge.«

»Aber wie kann sie dann von dir verlangen, daß du mich nicht mehr triffst?«

»Nein, nein«, sage ich und schüttle den Kopf. »Nicht *dich* soll ich nicht mehr treffen. Sondern *sie*.«

»Aber warum solltest du sie nicht mehr treffen? Weil sie schwanger ist?«

»Ich wußte nicht, daß sie schwanger ist. Davon hat sie nichts gesagt. Sie hat nur gesagt, wir können keinen Sex mehr haben. Ja, sie und ich, mein ich.«

»*Sie* und – *du*?« Andreas macht einen Schritt rückwärts. Dann einen Schritt vorwärts. Dann keucht er auf, schnappt gewissermaßen nach Luft, und macht noch einen Schritt vorwärts. Jetzt steht er ganz in meiner Nähe und sieht bedrohlich aus, und als er den Mund aufmacht, um zu reden, ist die Stimme zu einem Flüstern geworden. »Das ist ja ekelhaft«, zischt er. »Du und sie, pfui Teufel. Du hast also Mikaela *verführt*. Du hast mich lächerlich gemacht, das hast du gemacht.«

»Das war nicht meine Absicht«, sage ich. »Verzeih mir, wenn es so aussieht, aber ...«

»Du haßt Männer«, unterbricht er mich.

»Nein, warum sollte ich?« sage ich.

»Du genießt es, Männer lächerlich zu machen«, sagt er.

»Ich weiß nicht, was du meinst«, sage ich. »Ich will nicht, daß jemand sich lächerlich vorkommt oder reingelegt fühlt. Ich will, daß es allen gutgeht.«

»*Ich will, daß es allen gutgeht*«, ahmt mich Andreas nach. »Wen haben wir denn da? Einen weiblichen Christus? Eine Heilige Jungfrau? Eine Heilige? Die heilige Miranda vielleicht?«

»Ich heiße nicht Miranda«, sage ich.

»Ach nee? Und wie heißt du dann? Birgitta? Die heilige Birgitta? Oder die *schein*heilige Birgitta?«

»Nein, ich heiße auch nicht Birgitta. Ich heiße ...«

»Hör mal zu, ich scheiß da drauf, wie du heißt. In Zukunft hab ich sowieso keine größere Lust, deinen Namen in den Mund zu nehmen. Von jetzt an bist du nichts für mich. Nichts.«

Mit diesen Worten dreht Andreas sich um, geht hinaus und schlägt die Tür hinter sich zu, hart. Die Katzen bekommen Angst, laufen unter das Sofa. Ich locke sie hervor, es dauert eine Weile, aber allmählich kommen sie. Sie vertrauen mir.

Der Friedhof. Der Kies knirscht unter meinen Schritten. Ich bleibe stehen, zwischen zwei Gräbern. Es raschelt trocken in den Baumkronen da oben, der Wind nimmt zu. Ich sehe hinunter in die Erde, gerade hinein. Es ist dunkel da unten, aber ich kann sehen. In die Gräber, die Asche in den Urnen, die Körper in den Särgen. Ich sehe, wie die Körper vermodern, wie sich die Würmer raus- und reinschlängeln, durch Augenhöhlen, Nasenlöcher, Mundhöhlen, zwischen Rippen, Hüftknochen, Beckenknochen.

Es tröpfelt, kleine nadelscharfe Tropfen. Ich gucke hoch, die Wolken sind dunkelgrau. Ich gehe eilig über den Kiesweg zur Eisenpforte, mache sie auf, komme raus aufs Trottoir, schließe das Fahrrad auf, strample schnell den Nobelvägen entlang nach Hause. Es ist Stoßverkehr, Abgasrauch, Gegenwind. Der Sprühregen wird dichter, schwerer, nasser. Aber erst, als ich auf den Hof gekommen bin, das Fahrrad in den Fahrradständer gestellt und alle vier Treppen hinauf und durch die Tür gekommen bin, geht der Wolkenbruch da draußen nieder.

Er hat wieder angerufen. Zum zweiten Mal heute. Und gestern, wie viele Male?

Ich gucke zum Aquarium, zu den Fischen, die sich da drin im Wasser bewegen. Blaubarsch, Zwergfadenfisch, Schwertträger. Neonfisch, Glanzzwergbuntbarsch, Trauermantelsalmler.

Eine meiner Katzen springt auf das Stahlrohrregal

neben dem Aquarium. Sie guckt auch zu den Fischen, folgt ihnen mit dem Blick. Es sieht nicht so aus, als ob die Fische sie durch das Glas sehen.

Er hört immer wieder eine Weile auf, ein paar Wochen, Monate. Aber auf einmal fängt er wieder an. Meldet sich mehrere Male am Tag, jeden Tag, ein paar Tage lang. Spricht etwas auf den Anrufbeantworter. Unterschiedliche Dinge. Je nach Stimmung. Manchmal sagt er nur, daß er es etwas später wieder versucht.

Manchmal passiert es aus alter Gewohnheit, daß ich mir seine telefonischen Nachrichten mehrere Male anhöre, daß ich mir seine Stimme anhöre, anhöre, wie er sagt, was er sagt. Ich mache dann die Augen zu, versuche, mich zu erinnern, versuche zu fühlen, was für ein Gefühl es war. Versuche es. Dann mache ich die Augen auf und lasse das Band zurückspulen. Dann vergesse ich, was er gesagt hat. Und dann vergesse ich, daß er angerufen hat. Bis zum nächsten Mal.

Ich gehe näher an das Aquarium. Jetzt sehen mich die Fische, ich weiß das, denn sie versammeln sich in einem Halbkreis unter dem kleinen dreieckigen Loch in einer der oberen Ecken. Das Loch, durch die man sie füttert. Dort stehen sie fast still, fast vertikal, die Mäuler nach oben aufgesperrt, bereit.

Ich weiß, daß ich es mochte, wenn er mich ansah. Wenn er mich anfaßte. Aber wenn ich an ihn denke, erinnere ich mich nur an dieses letzte Mal, und ich erinnere mich nur an das, was drumherum passierte. Das, was vorher, und das, was nachher passierte. Wie er anrief, und ich zum Telefon stürzte, und wie er sagte, er habe jetzt angefangen mit einem neuen Medikament, einer Art Wundermedikament gegen Pelztierallergie, und fragte, ob ich Lust hätte, ihn zum Kaffee einzuladen, und wie ich die vielen Treppen zum Rund-um-die-Uhr-Laden runterrannte, um Kekse zu kaufen, und auf den Laufzetteln las, daß zwischen Schweden und Estland eine Fähre gesunken war und daß nahezu 900 Menschen vermißt wurden. Und ich nichts begriff, denn so viele Menschen sind zu viele, als daß man es verstehen könnte, und ein Paket Kekse vom Keksregal nahm, an der Kasse bezahlte, aus dem Laden ging, und dachte: »Warum schreiben sie, daß Menschen vermißt werden, wenn sie eigentlich meinen, sie sind tot?« Dann wieder raufrannte in den dritten Stock und Kaffee aufsetzte, und als er kam, aßen wir keine Kekse und tranken keinen Kaffee, wir gingen direkt ins Schlafzimmer und liebten uns. Aber ich weiß nicht mehr, wie, nur daß.

Und als er gehen wollte, kamen die Katzen an und schnupperten vorsichtig an ihm, und er streichelte sie und sagte, sie seien süß, aber einander ziemlich ähnlich, und wie ich sie unterscheiden könnte, und ich antwortete ihm, manchmal könnte ich es nicht.

Ich füttere die Fische. Vier, fünf Flocken nur, mehr brauchen sie nicht. Zerkrümle die Flocken in der Handfläche, streue sie durch das dreieckige Loch. Die Krümel schwimmen zuerst auf der Wasseroberfläche, und die größten Fische saugen sie von unten auf. Aber die kleineren warten, bis die Krümel sinken, dann schwimmen sie auf sie zu, öffnen ihre Mäuler, und dann verschwinden die Krümel in den kleinen Fischkörpern. Die Katze wird müde, sie springt herunter, läuft in das andere Zimmer und miaut. Ich glaube, sie sucht ihren Bruder, ich glaube, sie ruft nach ihm. Ich weiß, er liegt in einem Sessel da drinnen.

Ein einziges Mal haben wir darüber geredet.

Er sagte, er bedaure die Angehörigen nicht. Ihm sei klar, daß es normal wäre, das zu tun, aber er könne es nicht. Er könne nur an die denken, die ertrunken seien. »An ihre Angst«, sagte er. »Zum Beispiel, als das Wasser in die Kabine drang, und es keinen Weg mehr nach draußen gab. Oder als das Schiff aufrecht stand, das Heck fast senkrecht nach oben, und sie das Deck runter ins Meer gerutscht sind.«

Ich selbst erzählte von einem Traum, den ich seit diesem Tag mehrere Male geträumt hatte: daß er aufstieg aus einem sinkenden Schiff, mit Algen im Haar und Seegras am Sakko und einem verklärten Licht in den Augen, und sagte: »*Ich war bei einem Tauchunfall dabei.*«

Als ich fertig erzählt hatte, sagte er: »Das sagt wohl mehr über dich als über mich.«

»Klar tut es das«, sagte ich. »Es ist ja mein Traum.«

»Und was, glaubst du, versucht er dir zu sagen?«

»Keine Ahnung.«

»Siehst du denn die Botschaft nicht?«

Aber das tat er auch nicht. Es war für ihn eine totale Überraschung, als ich ihm eine Zeitlang danach erzählte, daß ich schwanger war.

Wenn die Fische gefressen haben, scheinen sie mich hier draußen auf der anderen Seite des Glases nicht mehr zu sehen. Sie schwimmen satt und fröhlich herum. Falls Fische denn fröhlich sein können.

Wie sieht man, ob ein Fisch fröhlich ist? Ich weiß nur, wie man sieht, ob ein Fisch tot ist. Dann sinkt er zum Boden und liegt da, bis man ihn in einem Kescher rausholt und die Toilette runterspült. Außer den allerkleinsten Fischen, dem Neonfisch zum Beispiel, die schwimmen statt dessen an die Oberfläche.

Ich kann hinunter in die Erde sehen. Gerade hinein, unter die Wege mit Kies, in die ungegrabene Erde zwischen den Gräbern, wo keine Toten sind, nur Humus, Steine und Wurzelsysteme. Nur Würmer und andere kriechende, krauchende, lichtscheue Wesen, die ihr Leben in kleinen Gängen in der Unterwelt leben.

Wir standen in meinem Wohnzimmer. Es regnete auch an diesem Tag, genau wie jetzt, ein richtiger Platzregen gegen die Fensterscheibe, und es prasselte und strömte da draußen.

Er sagte, daß er keine Kinder mehr wolle. Er sei zu alt.

Ich sagte, daß es vielleicht meine letzte Chance war, überhaupt eins zu bekommen. Bevor *ich* zu alt sei.

Er sagte, er könne seine Familie nicht verlassen.

Ich sagte, es sei das Kind, was ich wolle, nicht ihn.

Er sagte, ich könne es nicht allein schaffen.

Ich sagte, es gebe viele, die es allein schafften.

Er sagte, es sei nicht richtig, das Kind gegen seinen Willen zu bekommen. Daß wir zu zweit daran beteiligt seien.

Ich sagte, es sei mein Körper, meine Entscheidung und damit mein Kind.

»Aber mein Unterhalt«, sagte er.

Ich sagte, ich wolle sein Geld nicht.

Da sagte er, daß ich wohl gezwungen sein würde, es anzunehmen.

»Nicht wenn ich angebe: Vater unbekannt«, sagte ich.

Da sagte er, wäre das nicht ein Verrat am Kind?

Da sagte ich, und was ist eine Abtreibung, ist es nicht ein Verrat, jemanden um sein Leben zu betrügen?

»Das kommt wohl darauf an …« sagte er da.

»Kommt auf was an?« fragte ich, aber er antwortete nicht, wich meinem Blick aus.

»Was meinst du mit ›Das kommt wohl darauf an‹?« sagte ich mit lauterer Stimme, denn ich dachte, er habe mich wegen des Regens, der an die Fensterscheibe prasselte vielleicht nicht gehört, doch er antwortete auch diesmal nicht, und da hob ich die Stimme noch mehr: »Sag, was du meinst, verdammter Feigling!«

»Immer mit der Ruhe …!« sagte er da. »Ich meine nur, ehrlich gesagt – manchmal kann das Leben, das man einem Kind zu bieten hat, ein größerer Verrat sein als gar kein Leben.«

Da ballte ich die Faust und schlug ihm direkt ins Gesicht. Zerschlug ein Glas seiner Brille und dachte, jetzt kommt Blut, aber es kam keins, denn nichts in ihm ging kaputt. Nicht das Auge, nur das Glas. Und er gab mir einen Stoß, nicht um mir weh zu tun, nur, um mich wegzustoßen, es war ein reiner Reflex, reine Selbstverteidigung. Aber aufgrund dieser Selbstverteidigung verlor ich das Gleichgewicht und griff nach etwas, um mich festzuhalten, und das war zufällig das Stahlrohrregal mit den CDs, den Kassetten und den Videobändern, und dem Hibiskus in seinem Tontopf und der Kristallschale mit Schnecken und Steinen aus Arild und Klagshamn und Mossbystrand. Und das Regal geriet ins Schwanken und neigte sich ein paar Sekunden lang bedrohlich, aber es fiel nicht um – und ich auch nicht, ich glaube, das Regal und ich stützten einander, so daß keiner von uns umfiel –, aber all diese Sachen rutschten von den Regalbrettern, und Steine und Schnecken fegten über den Boden. Erde, Blumenblätter, Scherben. Die CDs, Kassetten und die ganzen Videobänder. Und die Katzen, die am Fenster gesessen und raus auf den Regen geguckt hatten, die wurden unters Sofa gescheucht und kamen erst raus, als er schon längst gegangen war.

Die Fische sehen aus wie schwimmende Augen. Das habe ich vorher nie gedacht, und das ist merkwürdig, denn als Kind habe ich Fische und Augen nach demselben Grundprinzip gezeichnet. Ein Bogen oben, ein Bogen unten, und die Fische wurden zu Unterwasseraugen mit Flossen und Schwänzen statt Augenwimpern. Blauauge, Zwergauge, Schwertauge. Neonauge, Glanzauge, Trauerauge.

Embryos begräbt man nicht. Man blutet sie aus und spült sie weg. Dann sind sie Menschen, die es nie gegeben hat. Sie sind weder geboren noch tot. Aber ich kann in die Erde sehen, ins Dunkel, in die Zwischenräume. Ich kann sehen, was es nicht gibt.

Inhalt

Marie Hermanson

Muschelstrand

Roman
Aus dem Schwedischen Regine Elsässer
suhrkamp taschenbuch 3390
304 Seiten

»Eine sehr kluge, elegante und tiefe Geschichte von einer geheimnisvollen Familie.« *Brigitte*

Nach vielen Jahren kehrt Ulrika an den Ort zurück, der sie als Kind jeden Sommer aus ihrer kleinbürgerlichen Enge befreite. Sie erinnert sich an die gemeinsamen Sommer mit den Gattmans und die Geschehnisse um die kleine, adoptierte Maja. Das Kind sprach kein Wort, war seltsam unnahbar. Daher erfuhr auch niemand, was passiert war, damals, als sie nach sechs Wochen genau so plötzlich und unversehrt wieder auftauchte wie sie zuvor verschwunden war.
Ulrika begibt sich nun als erwachsene Frau erneut an jenen Muschelstrand und versucht das Rätsel um Maja zu lösen und macht einen äußerst merkwürdigen Fund.

»Marie Hermansons Roman hat alles; die Spannung eines Krimis, die Genauigkeit einer Zeitstudie und die verträumte Melancholie, die über der Erinnerung an die Sommer der Kindheit liegt.« *Hannoversche Allgemeine Zeitung*

NF 495/1/11.03

»Skandinavien« im Suhrkamp und im Insel Verlag Eine Auswahl

Norwegen

Ketil Bjørnstad
- Edvard Munch. Die Geschichte seines Lebens. Romanbiographie. Übersetzt von Lothar Schneider. 516 Seiten. Gebunden
- Erlings Fall. Roman. Übersetzt von Lothar Schneider. 280 Seiten. Gebunden. st 3445. 277 Seiten
- Der Tanz des Lebens. Roman. Übersetzt von Lothar Schneider. 278 Seiten. Gebunden

Tor Åge Bringsværd. Das Frühstück der Langschläferin. Ein Unterhaltungsroman auf Leben und Tod! Übersetzt von Lothar Schneider. 333 Seiten. Gebunden

Henrik Ibsen. Ein Puppenheim. Stück, Vorarbeiten, Materialien. Herausgegeben und übersetzt von Angelika Gundlach. 425 Seiten. Leinen. it 323. 176 Seiten

Geir Pollen. Hutchinson's Nachf. Roman. Übersetzt von Angelika Gundlach. 194 Seiten. Gebunden

Lars Svendsen. Kleine Philosophie der Langeweile. Übersetzt von Lothar Schneider. 190 Seiten. Gebunden

Sigrid Undset. Das glückliche Alter. Erzählung. Übersetzt von Lothar Schneider. BS 1325. 144 Seiten

NF 449/1/12.02

Finnland

Daniel Katz. Lots Töchter. Roman. Übersetzt von Gisbert Jänicke. 312 Seiten. Gebunden

Petri Tamminen. Der Eros des Nordens. Roman. Übersetzt von Stefan Moster. st 3463. 160 Seiten

Island

Gyrðir Elíasson. Das Schlafrad. Roman. Übersetzt von Gert Kreutzer. 132 Seiten. Gebunden

Elín Ebba Gunnarsdóttir. Jener Sommer in Island. Übersetzt von Karl-Ludwig Wetzig. es 2163. 112 Seiten

Schweden

Stig Dagerman
- Deutscher Herbst. Reiseschilderung. Übersetzt von Jörg Scherzer. BS 924. 119 Seiten
- Die Insel der Verdammten. Roman. Übersetzt von Jörg Scherzer. 319 Seiten. Gebunden
- Die Schlange. Roman. Übersetzt von Jörg Scherzer. 259 Seiten. Gebunden

Marie Hermanson
- Muschelstrand. Übersetzt von Regine Elsässer. st 3390. 304 Seiten
- Die Schmetterlingsfrau. Roman. Übersetzt von Regine Elsässer. 242 Seiten. Gebunden

NF 449/2/12.02

Per Christian Jersild. Der fünfzigste Erlöser. Roman. Übersetzt von Jörg Scherzer. 263 Seiten. Gebunden

Per Christian Jersild/Lars Ardelius. Gedanken über den Tod. Übersetzt von Jörg Scherzer. Mit zahlreichen Abbildungen. 308 Seiten. Leinen

Olof Lagercrantz
- Dante und die Göttliche Komödie. Übersetzt von Gisbert Jänicke. Mit farbigen Abbildungen. it 2159. 296 Seiten
- Marcel Proust oder Vom Glück des Lesens. Übersetzt von Angelika Gundlach. 206 Seiten. Leinen
- Mein erster Kreis. Die Geschichte einer Jugend. Übersetzt von Angelika Gundlach. 231 Seiten. Leinen
- Reise ins Herz der Finsternis. Eine Reise mit Joseph Conrad. Übersetzt von Angelika Gundlach. 207 Seiten. Leinen
- Strindberg. Übersetzt von Angelika Gundlach. 587 Seiten. Leinen
- Vom Leben auf der anderen Seite. Ein Buch über Emanuel Swedenborg. Übersetzt von Angelika Gundlach. 207 Seiten. Gebunden

Selma Lagerlöf. Das Mädchen vom Moorhof. Übersetzt von Marie Franzos. IB 285. 79 Seiten

Lars Norén
- Eintagswesen. Übersetzt von Angelika Gundlach. 211 Seiten. Englische Broschur
- Nacht, Mutter des Tages. Chaos ist nahe bei Gott. Übersetzt von Angelika Gundlach. 271 Seiten. Kartoniert
- Nachtwache. Übersetzt von Angelika Gundlach. 205 Seiten. Broschur

NF 449/3/12.02

Klas Östergren

- Anker. Roman. Übersetzt von Jörg Scherzer. 242 Seiten. Gebunden
- Gentlemen. Roman. 515 Seiten. Gebunden
- Pflaster. Roman. Übersetzt von Jörg Scherzer. 216 Seiten. Gebunden

August Strindberg

- Fräulein Julie. Drama. Übersetzt und mit einem Nachwort versehen von Peter Weiss. it 2701. 112 Seiten
- Tschandala. Eine Erzählung aus dem 17. Jahrhundert. Übersetzt von Renate Bleibtreu. it 2741. 176 Seiten

Dänemark

Hans Christian Andersen

- Bericht einer Reise in die Sächsische Schweiz. Herausgegeben von Ulrich Sonnenberg. Mit zahlreichen zeitgenössischen Abbildungen. IB 1220. 104 Seiten
- Märchen. Mit Illustrationen von Vilhelm Pedersen und Lorenz Frølich. Übersetzt von Eva-Maria Blühm. Drei Bände. it 133. 1129 Seiten
- Märchen, Briefe, Geschichten. Ausgewählt und kommentiert von Johan de Mylius. Übersetzt von Ulrich Sonnenberg. Mit zahlreichen Abbildungen. 432 Seiten. Gebunden
- Märchen meines Lebens. Mit einem Nachwort von Johan de Mylius. it 2738. 250 Seiten
- Schattenbilder einer Reise in den Harz, die Sächsische Schweiz etc. etc. im Sommer 1831. Mit zahlreichen zeitgenössischen Abbildungen. Herausgegeben von Ulrich Sonnenberg. it 2818. 148 Seiten
- Die Schneekönigin. Übersetzt von Eva-Maria Blühm. Mit farbigen Illustrationen von Birgit Ackermann. it 2578. 120 Seiten

NF 449/4/12.02

- Die schönsten Märchen. Übersetzt von Mathilde Mann. Ausgewählt und mit einem Nachwort versehen von Ulrich Sonnenberg. it 2651. 272 Seiten
- Spaziergang in der Sylvesternacht. 1828/29. Übersetzt von Anni Carlsson. Mit Zeichnungen von Gunter Böhmer. it 1130. 149 Seiten
- Tagebücher 1825-1875. Herausgegeben und übersetzt von Gisela Perlet. it 2886. 800 Seiten
- Weihnachts- und Wintermärchen. Ausgewählt von Ulrich Sonnenberg. it 2694. 128 Seiten

Vita Andersen
- Sebastians Liebe. Roman. Übersetzt von Peter Urban-Halle. 286 Seiten. Gebunden
- Welche Hand willst Du? Roman. Übersetzt von Angelika Gundlach. Gebunden und st 2225. 332 Seiten

Thorkild Bjørnvig. Meine Freundschaft mit Tania Blixen. Übersetzt von Gabriele Gerecke. st 2815. 224 Seiten

Tania Blixen.
- Ehrengard. Übersetzt von Fritz Lorch. Mit einem Nachwort von Brigitte Kronauer.
  BS 917. 90 Seiten. it 2416. 110 Seiten
- Moderne Ehe. Und andere Betrachtungen. Übersetzt von Walter Boehlich. Nachwort von Hanns Grössel.
  BS 886. 101 Seiten

Inger Christensen
- Das gemalte Zimmer. Eine Erzählung aus Mantua. Übersetzt von Hanns Grössel. BS 1218. 107 Seiten
- Das Schmetterlingstal. Ein Requiem. Sommerfugledalen. et requiem. Übersetzt von Hanns Grössel. Mit einem Nachwort von Thomas Sparr. BS 1295. 49 Seiten

NF 449/5/12.02

Jens Peter Jacobsen. Niels Lyhne. Mit Illustrationen von Heinrich Vogeler. Nachwort von Fritz Paul. Übersetzt von Anke Mann. it 44. 291 Seiten

Sören Kierkegaard. Tagebuch des Verführers. Übersetzt von Helene Ritzerfeld. it 405. 235 Seiten

Kierkegaard für Gestreßte. Herausgegeben von Johan de Mylius. Übersetzt von Ulrich Sonnenberg. it 2661. 192 Seiten

NF 449/6/12.02